僕は天国に行けない

井坂 暁

講談社
タイガ

目次

カバーイラスト――くっか
カバーデザイン――川谷康久（川谷デザイン）

僕は天国に行けない

「世界はホスピスみたいなものだと思ってる」

奥城灯《おくつきともり》は煙草《たばこ》片手にそう語った。

俺たちが出会ったその日の夜のことだ。

絵になる姿だったと思う。口にした内容も含めて、厭世《えんせい》的というか退廃的というか、そういう雰囲気が似合う奴《やつ》だったのだ、アイツは。

「人間は皆末期患者さ。じゃなきゃ死刑囚だ。生まれた瞬間から全《すべ》ての人間に死が決定されていて、死以外では出られない。出た先には何もない。世界はそういう場所」

「どうして何かを成し遂げようと思えるんだろう。成し遂げた何もかも、いつか失われる。無為じゃない人生なんかないだろうに」

「鳴海《なるみ》くんは思ったことある？」――アイツは俺に尋《たず》ねた。

なくはない。むしろ一度もないって方が少ないのではってくらいありふれた考えに聞こえた。

「麻疹《はしか》みたいなもの」「通過儀礼」とか言われるヤツ。

一時的には悩んでもいい。だけど卒業するのが当たり前。立ち止まっていつまでも悩み続けることじゃない。

そういう、少し幼《おさな》い疑問なんだと思う。

だけどそのときの俺もまた、彼女の言葉をそうやって流せない、まともに受け止めてしまうような状況だった。そんな俺にアイツは言う。

「人生は多分丸々、自分の人生が無為じゃないって思うためにあるんだ。天国に行けるって信仰とか、子孫や自分の影響を残すとか、自分だけのターミナルケア、治療薬を探してる。誰もが医者で患者、囚人で教誨師《きょうかい》……それが人間なんじゃないかな」

あまりにも極論だった。死に重きを置きすぎた人生観。そのときの俺でも、流石《さすが》に言いすぎって感じるくらいの。

それでも俺は彼女を思うたび、自分だってホスピスの住人であることに囚《とら》われる。

俺と彼女が過ごした時間は長くない。奥城灯はすでにこの世界《ホスピス》から消えてしまった。

俺と彼女の死へ至る関係は、神様の死から始まる。

一章　この胸に空いた穴が今

「死んだらどうなるのかな、人って」

狭山殉《さやまじゅん》にそう聞かれたことが人生で二回ある。

一度目は中学二年の夏休み前、クラスの連中と肝試しに出かけたときだ。

昔カルト教団の集団自殺があった廃ビル。霊魂なんてものがあるなら、たしかに身近では一番「出そう」な場所だった。

殉は煤《すす》で汚れた壁を撫《な》でながらぽつりと零《こぼ》したかと思うと、そばにいる俺へと視線を向けた。

「浩弥《こうや》、どう思う?」

肺を軽く摑《つか》まれたような苦しさがあった。

殉は、死のイメージがどこか似合ってしまう奴だった。

色素の薄い肌や髪、人形みたいに骨っぽい体——そんな脆《もろ》くて儚《はかな》い容姿のアイツは、大勢の命が染《し》み込《こ》んだ壁に吸い込まれて消えるんじゃないかと、馬鹿《ばか》なことを思わせた。

「なんもないだろ。死んだら終わり」

少し力んだ口調で答えたのを憶《おぼ》えている。

心霊番組なんて物心ついたときには絶滅寸前だった世代だ。霊の目撃談はデマか錯覚、心霊写真も作り物かカメラの異常かシミュラクラ現象、そう思っていた。

実際に何人も死んだ場所に来てみると流石にちょっと気味が悪くて、だからその答えには強がりも含まれていたが、嘘《うそ》をついたつもりはなかった。心と呼ばれるモノは電気信号や化学反応の集合でしかなくて、だから脳の変化で激変するし、脳機能が停止すれば全て消えてなくなる。当時の俺は当たり前にそういう世界観を持っていた。

「浩弥、どう思う?」

二度目はたった今。七年ぶりのことだった。

十秒かそのくらいの間、頭が真っ白になる。そこにまた降りしきる雨の音が、ゲームのBGMが入り込んできて、俺の意識を引き戻した。

キャラセレクトの最中だったがそんなのどうでもよくなって、コントローラを機械的にその場に置く。

もともとは宅飲みのはずだった。東京で大学生をしている俺が夏休みに地元に帰り、一緒に飲まないか、と殉を誘ったのだ。

場所は俺の部屋、ドンキで買ってきた酒とツマミ、殉はソフトドリンクを並べ、互いに近況報告をしてしばらく経《た》った後、俺がやろうと提案した。

妹から借りてきたPS4、高校時代によく遊んでいたソウルキャリバーV。Ⅵは俺のアパートにある。

使用キャラは俺がジークフリート、殉がツヴァイで勝ったり負けたりした後、キャラを変えようとなったところで唐突に殉が聞いたのだ。

「どう……って……」

それだけ言って、俺は俯《うつむ》いてしまう。

酔いが醒《さ》めた感覚があった。

前回の記憶が頭の片隅《かたすみ》で蘇《よみがえ》る。前にも聞いたことを殉は憶えているのかいないのか。あれ以降、俺は霊魂や死後の世界を信じさせる現象には遭っていない。相変わらず、人間は死んだら終わりと思っている。

ならそう答える？

今の殉は余命数ヵ月なのに？


病気が見つかったのはちょうど去年の今頃だ。

現代の医学では対症療法と、進行を多少遅らせる程度しかできない。こうしている分には病状の進行なんて見て取れないが、それでもタイムリミットは近いと聞いている。

この一年、殉と交《か》わしたやり取りの中で俺から触れたことは一度もないし、今日、会ってからも避けていた。そんなところに殉の方からだ。

人は……いや狭山殉はあと数ヵ月で消えてなくなる。

ずっと前から認識していることを、俺に口にしてほしいのか、お前。口にしなきゃいけないのか。セレクト画面のキャラたちに助けを求めたくなる。

恐る恐る、殉の顔を見ようとしたときだった。

「ごめん。今のなし」

助け舟を出してくれたのは殉自身。

笑っていた。初めて見る殉の満面の笑みはどう考えても作り笑いだった。

対して俺の方の答えは。

「……お、おう」引きつった、安心した、何とも情けない笑顔だったと思う。

そうして俺は、今のなしと言われた通りに振る舞った。振る舞いたかった。

対戦を再開したが全然集中できなくて一方的にボコされた。すぐにやめようと言って、代わりにネトフリで映画を流した。ジム・キャリー主演の『イエスマン』。馬鹿馬鹿《ばかばか》しさだけ詰め込んだような映画だ。

俺はさも夢中になっている風に馬鹿笑いしたり、後ろめたさの裏返しみたいに殉のことばかり——もちろん病気には一切触れず——尋ねたり。

俺も殉に聞こうと決めていたことがあったが、当然それも回避した。

決して苦しい部分に触らないように、楽しい夜で終わってくれるように、腹の底に重たさを抱《かか》えたまま。割っていた赤霧島をロックで飲んで、とにかく心を麻痺《まひ》させようとした。

功を奏したって言っていいのか、その後のことは憶えていない。

近くの物音に目を覚ました。どうやら寝落ちしていたみたいだ。

窓の外は明るいが、それでもどんよりした曇り空で変わらず雨音が聞こえる。転がってたスマホを見ると午前八時前と表示されている。

「起こしちゃった？」

俺より先に目覚めた殉がゴミを袋にまとめ、ボディバッグを肩に掛けるところだった。

「帰んの？」

「うん」

「今日休みなんだろ？」

「休み」

「もうちょいゆっくりしててよくね？」

「あーちゃん帰る前にご飯作っといてあげたいから」

そう言われて、俺は何も言えなくなる。病気が見つかった少し後から、殉は高村明日花《たかむらあすか》という四つ年上の恋人と暮らしていた。昨日の夜は夜勤だったらしい。

それじゃあと、母親の車を借りて家まで送っていくことにする。殉との時間を少しでも引き延ばしたかったのだ。

殉は快《こころよ》く受け入れる。免許を取った二年前の夏以来のドライブだ。せっかく手に入れた十分やそこらのロスタイム、油断すると口から何か飛び出しそうで、それを堪えるような心地でハンドルを握っていた。

チャンスなのに。堪えなくていいのに。吐《は》き出《だ》すつもりだったのに。

雨音だけが響く車内、無言のまま殉の住む家へ到着する。小綺麗《こぎれい》な雰囲気の賃貸一戸建て。高村明日花はまだ帰ってはいないらしい。

殉を降ろしてやるときになって、俺はようやく聞くことができた。

「俺がいるうちにまた会えるかな。九月いっぱいはいるから」

「……うん」

こちらを向かないまま殉は答えた。

──いるうち、じゃねえんだよ。

自分の言葉を思い返すと電柱かガードレールにでも突っ込みたくなる。それは流石に理性がブレーキをかけたが、手元に殴れるものでもあれば殴っていたと思う。

最低だった。殉の作り笑いは、俺への失望を隠すためだろう、きっと。

九月中と一応の期限を設けたようで、俺は具体的な日にちも想定せず、あきらめたわけじゃないと言い訳するためにふわふわした約束をした。

あと数ヵ月で消えてなくなる相手に。

アイツにとって、曖昧《あいまい》ないつかを告げられるのがどれだけキツいか。アイツにとって待つことで奪われる時間がどれだけ貴重か。

会わなければいけない──それはわかりきっているのに、俺はまだうだうだ迷う。

殉に会ったとして、「死んだらどうなる」に上手《うま》い答えを返せる気は全くしなかった。

きっとまた言葉に詰まる。熟考して、何か綺麗な言葉を用意して言っても俺はそれを正しいと信じて発せないだろう。中身のない言葉を変に早口で並べ立てるんだきっと。

そんなのは、昨夜と何も変わらない。

しかし、帰って飯を食いながら、シャワーを浴びながら思った。

お前はそうやってこの一年殉とのことを先延ばしにしてきたじゃないか。それで失った時間は今や残された時間より長いんだぞ。

着替えを済ませると、殉にLINEを送る。発信の矢印をタップするのに数分かかった。

『ごめん。急なんだけどさ、今日中《きょうじゅう》にまた会えないかな?』

既読がついたのはそれから二時間くらい後、返信が来たのはまた数分経ってからだった。

いいよ、というスタンプ。

『16時とかからでもいい？　ニルヴァーナってお店』

そのときの安堵《あんど》感といったらない。楽しいことが待っているはずもないのに俺は小さくガッツポーズまでしていた。

続いてもう一つ返信があった。

『ごめんね』

何が「ごめん」なのかまでは書いてないが、だいたい想像がついた。悪いのは俺の方なのに。

また会えることに俺は間違いなくテンションが上がっていて、実際に対面したときのことを想像して沈んでくるまで少し時間差があった。

十五時前、また母親の車を借りて家を出る。現地までは十五分弱だから流石に早いかと思ったが、俺のことだから時間が経つほどヘタれる危険が高そうだし、早く着いてしまって待ってた方がいい。

昨日からの雨はやまずに降り続いている。朝より交通量の多い道と時間帯に、運転も慎重なものになった。

葦原市《あしはらし》。俺が高校までの十八年を過ごした、ぱっとしない地方都市だ。

生産量が全国何位だかの果物も野菜も、名産と言えるようなブランドではない。県外の人は名前も知らない方が多かったんじゃないかってくらいだ。

最近は市内で連続殺人が発生するなんて不名誉な理由で知名度が上がってしまったが、それまではあの廃ビルが一番有名なスポットだったのではと思う。特別治安が悪いわけじゃないが、何となくろくでもない印象がある。地元愛みたいなのは特にない。

俺にとってのこの町への思い入れは、大部分が殉とセットになっている。別に物心つく頃からの仲ってんじゃない。出会ったのは中一のとき。幼馴染《おさななじみ》と呼ぶには少し遅かった。

夏休みも近い頃、休み時間の男子トイレで、殉は二人がかりで殴る蹴《け》るの暴行を受けていた。床に縮こまっている、もともとのターゲットだろう同級生男子に覆《おお》いかぶさる形で。

どっちもクラスはちがう。殉の方にそれまで際立った印象はなく、もう一方は「イジメられてる奴」とイメージがあるくらいに、以前にもその手の現場を目にしていた。休み時間なり移動教室なり集会の帰りなり、そのときほどひどくはなくても小突かれてるようなことは多かった。

俺は助けようと思ったこともない。

例えば母親もそうだったが「イジメを傍観するのも加害者」みたいなことを言う大人が嫌いだった。

教師が見て見ぬフリはそりゃダメだろう。そういう仕事なんだから。でも、学校内で何の力もない俺たちにまで次のターゲットにされるリスクを冒して立ち向かえなんて、そんなの期待する方が悪いんだ。そう思っていた。

目の前で、降りかかる暴力に小柄《こがら》で細い身を挺《てい》して、カッターシャツにいくつも靴跡をつけられて退かない殉を見て、気づけば俺はいたぶっていた奴の背中に思いきり蹴りを入れていた。


中一の俺はぼんやりとだが、人間の善とか正義とかを嘘っぱちと捉《とら》えていたと思う。みんなとりあえず社会生活を送るためにしかたなくルールに従い、自分が安全圏にいるうち、取《と》り繕《つくろ》う余裕があるうちだけありもしないモラルがあるかのように繕う。それが現実で、だから俺も他人のために痛い思いなんかしない——カイジの悪役みたいなガキだった。

そんなところで出会ったのが殉だ。

弱いのに、負けてるのに、痛い思いをしながら他人のために戦っている姿が、俺の小さな世界をひっくり返したのだ。

ヒーロー、聖人、大げさに言えば神様みたいなものだった。ただの中学一年生の殉が俺の正しさの基準になった。

一緒に行動するようになってからも殉は痛々しいくらいに優しかった。ちょっと引くくらい、周りのことを自分で引き受けようとして、そのせいで逆に友達がいないらしかった。

殉が施設育ちだというのを知って、もしかして苦労してるから優しいのかとも思った。だけど見に行った施設の子どもたちは普通以上にワガママで粗暴な印象を受けて、そんな中でも殉は周りに何でも譲ってやっていた。

俺は殉みたいにはなれなくても、殉がその優しさで暴力に晒《さら》されることがないように守りたかった。母親に頼んで小五で辞めた空手の道場にまた通い始めた。

幸い、殉を守るような場面はトイレの件以後なかったが、殉は空手の試合のたびに見に来てくれたし、美術部で描《か》いている決して上手くはない絵を部員に次いで見せてくれた。殉にくっついてボランティア活動までやった。

高校を出ると二人共東京の、近い範囲の大学に進み、ルームシェアをした。

一緒に暮らしてみると家での殉は案外だらしないことがわかって、俺がしっかりしなきゃと思った。殉が地元を出る直前に高村明日花と付き合い出したことは知っていたが、それでも殉の一番身近にいるのは俺だぞと馬鹿なことを考えて自分を慰めていた。

大学二年の夏休み、殉の病気がわかった。その翌月には大学を辞めて地元に戻り、高村明日花と暮らし始め、今に至っている。

駅からやや離れた駐車場に車を止める。駐車場から百メートルほど行くと川に面した通りに出る。待ち合わせ場所のニルヴァーナはそこを右手に曲がってすぐのビル二階にある喫茶店らしい。

約束の時間まで四十分以上あるのに心臓がバクバクいっていた。殉が本当に現れたらどうなる？

結局、答えは出ないまま来てしまった。

殉と何を話せばいいのか、何を言ってやればいいのか。

通りを半分くらい歩くと横断歩道に行き当たって、俯き気味の顔をあげる。川にかかる橋が目に入る。

そこに、殉がいた。

朝と服は変わっているが、俺が見間違うわけがない。強い雨の中、殉は傘も差さず、橋の欄干に足を掛け、身を乗り出し。

いや、おい。

飛び降りた。

ほとんど同時に、俺は走り出していた。傘は放り捨て、信号なんか無視して。雨の中を一目散に。

通りを走り抜け橋の手前まで駆け寄ると川を見下ろす。

連日の雨で水嵩《みずかさ》は大きく増え、激流といっていいほどになっていた。茶色く濁《にご》った水が圧倒的な量と勢いで、そこにあるものを押し流そうとする。

「殉……殉!!」

橋の真下から十五メートルほど流されたところに、殉が顔を出していた。流れに揉《も》まれながら、何かを傍《かたわ》らに抱いているように見える。

何やってんだお前。

殉の顔が、一瞬こちらを見た。

「今行く!!」

アイツは、必死に流れに逆《さか》らおうとしながら、明らかに俺に向かって言葉を発した。聞き取ることはできない。だけど。

『来ないで』——そう言ったのがわかる。

ふざけんなよ。

俺は流れていく殉を走って追いかける。

死なせない。死なせてたまるか。

あの問いへの答えは七年前と変わらない。

人は死んだら終わりだ。

だから死なないでくれ。

絶対言ってはいけないことなんだろう。死なずに済む、病気を治す方法はすでに探し尽くしたんだろう。叶《かな》わないからお前はあんなこと言ったんだろう。

でも俺は死ぬなとしか言えないんだ。

川沿いの手すりに足を乗せ、飛び越えようとしたときだった。

「無理やって!」

後ろから突然羽交《はが》い締《じ》めにされる。関西弁の男が耳元で叫んだ。

「離せ!」

「助からん! 君も死ぬ!」

俺は男を振り払おうともがき、しかし。

「っ⁉」

濡《ぬ》れた地面に足を滑《すべ》らせ、無様《ぶざま》に尻《しり》もちをついてしまう。すぐさま起き上がり、また川を覗《のぞ》き込《こ》むと——。

「殉」

そこにはもう、濁って荒れ狂う川面《かわも》だけがあった。浮かんでくることもない。

まだ水中にいるはずだ。そう遠くまで流されてるわけがない。まだ引き上げれば助かる。

「やめなさい！」

再度飛び込もうとした俺を、さっきの関西弁の男と、もう一人、警官の制服姿の男が押さえつけた。俺は二人がかりで地面に押さえ込まれる。

「今捜索を要請するから。この流れを泳ぐのは無理だ」警官は必死に俺を説得する。多分正論なんだろう。でもそれが意味することは。

「助かるんですかっ⁉　アイツ、それで」

「…………」

黙り込む警官を見て、全身に寒気が広がっていった。あるいは足下に穴が空いて、落ちていくような。

今死にかかっているのは、俺の神様なんだ、世界の中心なんだ。

俺はやはり飛び込もうとして、しかしさらに制止する側《がわ》の人数が増え、結局動けないまま、殉を呑《の》み込《こ》んだ川を見ていることしかできなかった。

翌朝、九月十七日は昨日までの雨が嘘のような快晴だった。

青空の下、飛び込んだ地点から二キロほど下流の、川幅が狭まりゴミが堆積《たいせき》するエリアで、そのゴミに引っかかるようにして殉の遺体は発見された。

・・・

『私《わたし》が十時半頃に夜勤から帰ってすぐ、殉くんもちょうど帰ってきて……、ご飯作ってくれて、一緒に食べて……十二時に、私をベッドまで送ってくれてから、出かけていって、それが……最後でした』――高村明日花は自分が見た最後の殉について、泣きながら警察署で語っていた。

自宅を出た後の殉の足取りでわかっているのは、午後二時過ぎ、ニルヴァーナへの入店。防犯カメラにもしっかりと写っていた。

警察で見せられたその映像では、殉は窓際の席で本を読んだりスマホを弄《いじ》ったりしながら時間を潰《つぶ》している様子だった。アイツはどうも最近バイト先の近くにあるこの店を気に入っていたようで、頻繁に通っては窓際の席で過ごしていたという。

午後三時過ぎ、俺がちょうど駐車場に車を停《と》めているタイミングで、殉は突然立ち上がって窓ガラスに顔をくっつけるようにしたかと思うと、店を出て階段を駆け下り、ビルを出てこの橋から真下の川へ飛び込んだ。

防犯カメラに音声は残っていないが、店員――飛び込もうとした俺を制止した関西弁の人物だ――の証言によると「赤ちゃん」と叫んだらしい。

そこから先は俺が知っている通りだ。たしかにあのときの殉は流されながら何かを抱いていた。

そしてその「赤ちゃん」らしき物も、殉のすぐ近くで見つかった。白と水色の服を着せられた、ドイツ製のベビードール。

無邪気で無機質な笑顔を見て、俺は床に叩《たた》きつけたい衝動に駆られた。

殉の死はテレビでもネットでも結構な話題になった。アイツの人生が同情を誘う要素に事欠かなかったからだろうし、死に方そのものも、いかにもな悲劇のヒーローって感じで。

殉の死に方を、アイツを知る誰もがアイツらしいと思ったにちがいない。

通夜・葬式にはアイツの育った『ヤドリギの家』のホールが斎場として提供され、身寄りのないアイツのためにたくさんの人が訪れた。

斎場でもネット上でも、多くの人間が殉の死にお悔《く》やみの言葉を述べていた。お経が読まれ、「ご冥福《めいふく》をお祈りします」という定番のフレーズがいくつも並ぶ。

多くの人が殉の死を悲しみ、惜しみ、どこか誇らしげにさえ語る。

「ふざけんな……」

川を見下ろしていると、口から勝手に声が漏れていた。

ネクタイを緩《ゆる》めた襟元を、初秋の柔らかい風が撫でていく。

九月二十日、ここ三日市内は過ごしやすい日が続いている。

この川も元からゴミが多くてあまり綺麗ではないが、殉を呑み込んだ川とは思えないほど穏《おだ》やかで、今も菓子パンの包装みたいのが橋の下をゆったり通過していくのが見えた。

母親、そして妹と葬儀に参列した。

溺死体《できしたい》は醜《みにく》いなんて言うが、殉の死体は業者が処理する前から綺麗だった。水を吸って膨張したりも、顔が歪《ゆが》んでたりもしない。

それでも肌はびっくりするほど冷たくて、乾燥した団子みたいに固くなっている。

何より反応がない。脳の活動はとっくに停止して回復する見込みはなく、腐るのを遅らせているだけだ。誰が名前を呼んで語りかけようと、あれはもう殉じゃない。

あの肉の塊《かたまり》が焼かれ、残骸《ざんがい》が骨壺《こつつぼ》に納められるのを傍観した。片付けを手伝うという母親を残し、妹も先に帰らせて、俺は殉が死んだこの場所に立ち寄った。

通夜も葬式も拷問みたいだった。読経をかき消すような高村明日花の嗚咽《おえつ》と、彼女の漏らした言葉が耳に焼き付いている。他《ほか》にも啜《すす》り泣《な》きがあちこちから聞こえたが、俺は涙ぐむことすらなかった。

悲しいというのとは何かちがう。下痢をしているときの悪寒のような嫌な心地がずっと続いている。

　その上——

「殉」

「浩弥」

「っ⁉」

　予期しない返事に、びくんと跳ねるように仰《の》け反《ぞ》る。

　殉の声だった。優しく奏《かな》でられたような、成人していると思えないあどけなさを含んだ声。聞き間違うはずもない。

　声のした方、右隣を振り向く。

「殉……？」

　そこにいたのは、もちろん殉の霊なんかかじゃない。

　スカジャン姿の小柄な——多分——少女。

　まず目に留まるのは咥《くわ》えた煙草。灰色がかったフィルターの先が赤く燃え、細い煙を上げている。未成年、下手すると高校生かも知れないのにえらく似合っている。

　咥え煙草で両手をポケットにインした姿は何となくガラが悪そうにも見えるが、威圧感を出そうとする様子もなく、まっすぐそこに立っていた。

　眼鏡《めがね》の奥、猫を思わせる大きな吊《つ》り目に射抜くように見つめられ、内心少しビビりながら俺は尋ねる。

「今……呼んだ？　俺の名前」

「いいや。僕は見てただけ」

そもそも君が誰か知らないし、とアルトの声が続ける。やっぱり女のようだ。

「その呼んだっていう声、僕に似てたりする？」

「似てない。……殉、友達、いや何でもない」

友達に呼ばれたような幻聴がした、とはちょっと言えなかった。俺の今の状況でそれはあまりにも末期っぽい。

「見てたって、何、何かついてたりする？」

「そういうんじゃない。死にたいのかな、死ぬのかなってね」

「は……？」

あまりに唐突で言葉を失う。

考えてみればさっきまでの俺は川を黙って見下ろしたまま動かなかったわけで、おまけに喪服姿なのを合わせればそういうことを想起させてもおかしくないかもしれないかもしれないが。面と向かって言うか普通。

「心配させたなら悪いけど、死ぬ気なんかないよ」

「それは残念。そうなったらいいなって気持ちで見てたから」

さっきよりもさらにろくでもない答えが返ってきた。心配どころか期待、死んでほしいと思っていた、と臆面《おくめん》もなく彼女は言う。

「……初対面だよな、俺ら」

「関係ないさ。リアルタイムで自殺に居合わせるなんてラッキー、相手が誰だろうと僕は一部始終を見守るね。飛び込んで、君が死ぬまでどれくらいかかるか、途中どんな反応が、感情が体に現れるか、目に焼き付けずにいられないじゃないか」

悪趣味すぎる内容を、べらべらとよく喋《しゃべ》った。「じゃないか」って、そんなことに同意を求めないでくれ。

「それの何が面白いってんだ」

「だって命だよ？　自分の存在、世界の全て！　それが失われるのが死だ。人間は死に対してどうあるのか、僕は少しでも多く見ておきたい。いずれ死ぬ者として」

いずれ死ぬ者というなら全人類皆そうだが、俺はそんな願望一度も持ったことがない。あまりにも言動がアレなのでひょっとして例の殺人事件の犯人だったりしないか、という考えが頭の片隅に浮かび、いつでもローキックを放てる心の準備をする。

「病死、老衰、事故死、殺人……死因も色々だけど、やっぱり自殺が一番。何しろ自分の意志で、だからね。

でも、成功した人には聞けないしサバイバーはともかく今から死にますって人に『今どんな気持ち？』なんてのも心境に影響しちゃう可能性大だし。だから邪魔せず、目と耳を澄ませるしかない。今も、見れるかもって思ったんだけどね」

「…………」

やはり趣味にちがいないらしく、その後睨《にら》むみたいに半眼で俺を見る。まさか自殺しなかったことを責められるとは。俺はその視線から目を逸《そ》らした。舌打ちしたいのをこらえながら。

死への興味とかいうのは勝手に持ったらいい。サイコ気取りのキャラ付けなんだか本当にそういう性癖なんだか、どっちにせよ一人ネットでスナッフフィルムでも漁《あさ》ってる分には知ったこっちゃない。

ただ、今目の前にいるこいつの言動は間違いなく不快だった。一番触れられたくない部分を逆撫《さかな》でしてくる。

「そういうこと人に言わない方がいいぜ。じゃあな」

思ったより棘《とげ》のある声が出た。二度と会うまいというつもりで別れを告げ、歩き出す。

それを、アルトの声が呼び止めた。

「狭山殉くん」

「…………」

「じゃない？　さっき口に出した『ジュン』って。今は彼の、お葬式の帰り？」

別に、そう考えること自体はおかしくない。殉の死は今話題だし、喪服姿の俺がこの場所に立っていたら結びつけもするだろう。

ただ。

「だったら何だよ」

何でもない素振りを見せようとしたのに、やはり凄《すご》んでしまう。お前なんかが殉の死に触れるな。掘り起こそうなんて思うな。

「アイツは、ただの事故死だよ。面白いことなんか何も――」

「自殺さ」

何か言うよりも先に、俺は胸倉を摑んでいた。高一のときに「殉とできてる」と煽《あお》られて以来の行動だ。

「黙れよっ‼」

怒鳴《どな》ったつもりの声は裏返り、悲鳴みたいに情けなかった。

一方で、百八十ある俺より頭一つ小さい彼女は、片手で持ち上がりそうなほど軽く頼りない体なのに表情には怯《おび》えもおどろきも浮かばない。

眼鏡の奥の瞳《ひとみ》には、殉を守ろうと鍛《きた》えた体で恫喝《どうかつ》する俺が映る。

「悪い……」

ぱっと手を離し、言った。

「殉のことに触れないでくれ」声が震える。もう懇願《こんがん》だった。

「本当にそれでいいの？」

「何なんだ一体、お前」

「奥城灯。僕は彼の死を知りたい。君は知りたくない？」

「狭山くんの死の状況をネットニュースで知った時、違和感があったんだ」

「どんな？」

「その話は現地でした方がわかりやすいと思う」

そんなやり取りをしながら俺たちは現地・ニルヴァーナへ向かう。橋を渡ってすぐ右手のビルの階段を登る、徒歩二分ほどの道程だった。

結局、あの日入らず終《じま》いだった店。店内はレトロな佇《たたず》まいでジャズっぽい曲が流れている。そこはニルヴァーナじゃないんだ。

窓際の席、スプリングの劣化を感じるスツールに並んで腰掛ける。窓からの景色は別段よくないが、今はやはりあの川に目がいく。

さあ違和感ってのが何か聞かせてくれ、と言ったが、奥城曰《いわ》くもう少しの辛抱らしい。

その間飲み物を注文し、運ばれてきたこの店のオリジナルブレンドを一口啜る。苦味より酸味が前面に出た味で、美味《うま》くも不味《まず》くもない。いやそもそもコーヒーを美味いと思ったことがないが、殉は気に入ってたんだろうか。

「美味いのかな、これ」

「喫茶店は味以上に立地なんかが大きいと思うよ。狭山くんが気に入ったっていうのもそれだろうね」

　そういう彼女が頼んだのはドライジンジャーエールだ。

　彼女は俺の質問に答えると箱――赤地に金でＧＡＲＡＭと印字されている――から新しい煙草を取り出して咥え、火を点《つ》ける。歳に合わないほど様になった手付きだった。

「立地っつうけど、チェーンの安い店もあるぜ。それこそバイト先のすぐ隣にも」

「立地は『トリック』を実行する上での話さ。バイト先の近所、彼が通っていても不自然ではない範囲の店ではここがベストだった」

「トリック？」

「ほら、見てあれ。何か流れてくるだろ？」

　奥城が指で軽くガラスを叩き、外を指差す。たしかに上流の方の川面に何か浮かんでいて、ゆっくりとこちらへ近づいてくる。ただ具体的に何かを判別するにはまだ遠かった。

「ああ、まあ。何だあれ」

「赤ちゃんさ。僕が流した」

「は？」

「確かめてくれれば？　お金は払っとくから」

橋から見下ろす川を流れてきたのは、赤ん坊の人形だった。

サイズやフォルムはたしかに本物に近いが、殉と一緒に見つかったのよりはるかにチープな造りだ。この流れの遅さでこの距離なら本物と間違えることはないだろう。

「ちゃんと下流で回収しておくから、心配しないで」

「ふざけんなよお前」

荒い息を吐きながら、背後から近づいてきた奥城に毒づく。奥城は新しい煙草に火を点《つ》けると、俺の隣で同じく川を見下ろす。赤ん坊はゆっくり遠ざかっていく。

「鳴海くん、視力は？」

「一・二、先月免許更新したときは」

「僕に言われるまで、君はあれが赤ちゃんだなんて全く思ってなかったろう」

「……まあ」

「あの席に座った状態から店を飛び出し、階段を駆け下りてここへたどり着くまで君は一分弱かかってる。当日の、増水した川の流速でも間に合うには、狭山くんは今よりもっとずっと遠くの時点で気づかなきゃならない。

彼は視力が物凄《ものすご》くよくて、当時たまたまタイミングよく川面を凝視してた……そういうことになる。不自然じゃない？」

自分の身で検証させられた直後なのもあり、その指摘に一定の説得力があるのは認めざるを得なかった。一つ舌打ちして聞く。

「どうやって流したんだよ。仲間でもいんのか？」

「僕が今試した『トリック』は一人でもできるよ。事前に仕掛けておけば、時間差で勝手に流されてくれる」

そう言って、ズボンのポケットからスマホを取り出すと画像を見せてきた。

さっきの人形を川に浮かべ、しかし流れていかないように紐《ひも》で岸に刺さった杭《くい》のような物に繋《つな》いでいる。ちょっとした繋船柱《けいせんちゅう》だ。

スライドして見せた次の画像では、その杭は氷でできているらしかった。紐の先は氷に埋まる形で一緒に凍《こお》らされている。

「時間が経てば杭は溶けて人形は勝手に流れだし、水溶性の繊維でできた紙紐は流れるうちに溶けてなくなってしまう。当日は強い雨が降っていたから杭なんか使わず川沿いの木やなんかに結んでおけば雨で溶けてくれるかもね。

細かいやり方は何パターンかあるだろうけど、とにかくこういった仕掛けで時間を稼いでおいて、その間に自分があの店まで移動するのは可能ってわけさ」

奥城はどうやら思いついたトリックの検証結果を見守るべくあそこに待機していて、そこに俺がいた、ということらしい。

「君が飛び込んでくれてたら二つも見たいものが見られて僥倖《ぎょうこう》だったけど」

「悪かったな」

「まあ今となってはそうならなくてよかったかもね」

よかった、とはどういう意味か、俺が尋ねる前に奥城がまた別な、注目すべきことを口にする。

「狭山くんが最近あの店へ通ってたって話も、僕と同じ理由だと思う」

それがどういう意味か、すぐにはわからなかった。奥城と同じ理由でニルヴァーナに通っていた殉。奥城と同じ――奥城がやっていたこと。

「……トリックの練習?」

「そう」

たしかにこんな手の込んだ仕掛け、頭で考えただけじゃちゃんと機能するのか疑わしいだろう。

俺も実際に見せられず仕組みだけ聞かされたらそんな上手くいくものかと思いそうだ。果たしてちゃんと流れてくれるか、どれくらいの時間でたどり着くのか、途中で障害物に引っかかって止まったりしないか――それを事前に、今の奥城のように検証していた。本番でスタンバイするあの店に通って。

「でもそれなら、下の通りで待機してりゃいいんじゃないか？　お前が言ったみたいに、あの席じゃ気づくには遠いし」

「それじゃあ、誰にも目撃されない可能性が高い」

「…………」

「死ぬだけならドアノブに紐を引っ掛けるだけでいいんだ。こんな手段を取ったのは当然、『赤ちゃんを助けようとした結果の事故死』って認知されたかったからだろう。

雨の中の決行が前提な以上、都合よく一部始終を目撃してくれる歩行者は望み薄だ。ニルヴァーナなら店員は確実にいる」

多少不自然になってでも殉は確実さのためにあの店を選び、結果こうして、奥城に気づかれる隙《すき》を作った、と奥城は言う。

筋の通った答えに思えた。可能ではあるらしい。

とはいえ証拠がない。殉が本当にたまたま気づいたのだって絶対にあり得ないとは言えないだろう。

そんな風に食い下がる余地が、ひょっとしたらあったのかもしれないが――

「ただね、鳴海くん」

奥城が俺を覗き込むみたいにして言った。

「さっき言ってたね。『仲間でもいたのか？』って」

「っ！」

「そうなんだよ。タイミングを図って人形を流してくれる人間がいるならそっちのがより確実だ。狭山くんは時間差トリックを使って一人で死んだのか、それとも自殺幇助《ほうじょ》した協力者がいるのか。僕が考えていたのもそこだよ。

……で」

奥城が何を言わんとしているのか、頭の鈍《にぶ》い俺にも明らかだった。

「君が協力者だったりしない？」

「……最初から疑ってたのか？」

「自殺って言ったときにあれだけ取り乱せばね。どうなんだい？」

数秒の沈黙を挟んで、俺は観念しようと思った。

彼女を言いくるめられるような嘘を、俺がここからつける気はしない。そして、いい加減秘密を抱えることに疲れたってのもあった。

「……ちがう。マジで何も知らなかった」

「本当に？」

「うん……殉が指定した待ち合わせ場所に向かって、約束よりだいぶ早くに行ったらその場に居合わせた。それだけだ。

ただ……」

「今はなにか知っている」

奥城の問いに頷《うなず》き、ずっと隠していたことを白状した。

「殉が、あの人形買ってるとこ見てるんだ」

九月十五日、駅ビル三階の本屋で雑誌を立ち読みしていたとき、殉が店の前を通り過ぎるのを見た。サイズオーバー気味のニット帽にマスク、黒縁眼鏡という有名人が出歩くような格好だったが、一目で殉とわかった。

「一瞬さ、話しかけようと思ったんだよ。たしかキャンプ用品店の袋も持ってて、スコップか何か買ってるっぽくて、アウトドアに興味あるのか、みたいな話から、さりげない感じでって。そしたら」

殉は続いて、育児用品店のテナントに入っていった。

そこで殉が購入したのがあのベビードールだった。陰《かげ》から見ていた俺は衝撃のあまり声をかける気にもならず、エスカレーターの方へ向かう背中を見送ることになった。

俺がそのとき頭に浮かべたのはつまり、殉が高村明日花を妊娠させたんじゃやって話だ。同棲《どうせい》してるんだしそりゃやることはやってるんだろうが、妊娠ってのが生々しすぎて何か嫌だった。

別に妊娠と決まったわけじゃない。知り合いに子どもが生まれた、施設の子にあげる、それだけかもしれないと言い聞かせながら、その日のうちに連絡を取った。

もともと会わなきゃならないとは思っていた。殉が地元に帰ってから一年弱、俺たちはちゃんと話していない。今年の正月も俺は殉に連絡しなかった。時間は残り少ない。一番大事な人間から逃げるのはもうやめよう、と。

「んで結局聞けねえの。何度も言い出そうとして、でもビビって、『最近どうよ』みたいなどうでもいい話でごまかして、今度はゲームとか映画に逃げてさ……次の日、アイツを送ってく間も、何も」

本当に高村明日花が妊娠していて、それを掘り下げれば、間違いなく殉の死の話をすることになるだろうと。

以前からずっとそうだ。俺は、命の期限が明確になった殉と接することを、近い将来失われるものと意識しながら殉に接触するのを恐れていた。

でも、酒の力まで借りたのに、内面を吐露したのは酒が飲めない殉で、俺は酒に逃げただけだった。

『死んだらどうなる』──あの問いは、友達甲斐《がい》のない俺への殉からのサインだったのかもしれない。それで俺が踏み込んでいたら、ひょっとして死ぬのをやめてくれたかもしれない。

それをビビったせいで、全部、全部終わってしまった。取り返しがつかない。

「……高村明日花、殉の彼女なんだけどさ」

もう一つ、俺はつい数時間前に得た情報を奥城に明かした。

「その人が？」

「火葬が終わって、骨壺に骨の破片みんなで移してるときにさ、『ごめん』って言ってたんだよ。殉の名前呼びながら」

「それは」

奥城が少しだけおどろいた風に目を見開く。

「どう思う？」今度は俺から奥城へ尋ねる。

あのつぶやきを聞いたとき、俺は詰め寄りたくなった。

あんた殉が事故死じゃないのを知ってるんじゃないか。止められなかったという自責の念からの「ごめん」なんじゃないか。あるいは、自殺を幇助したことへの後悔からじゃ、と。

考えすぎと言われたら否定できない。

何しろ恋人が死んでしまったのだ。二度と会えなくなったのだ。日常の色んな後悔が噴《ふ》き出《だ》してきて、ああいう言葉を零しても何も不思議じゃないとは思う。

しかし。

「無視していい情報じゃないのはたしかだろうね」

奥城も俺と同じ考えのようだった。

「人形を調達するときの狭山くんは顔を隠してたんだったね?」

「ああ、まあ。ニットとマスクと眼鏡で」

それがどうした、と思いながら頷いた。自然死に見せかけて自殺するのだ。道具を購入する際に店員が顔を記憶していたら自殺の疑いが生じかねない。実際俺に見られてそうなったのだ。

しかしそこで気づいた。この指摘が高村明日花協力者説と繋がるなら、言わんとするのは。

「『協力者に買わせればいいじゃん』ってことか」

「ああ。例えば狭山くんと協力者がネットの知り合いみたいな間柄《あいだがら》ならそっちに頼めば露見するリスクはずっと減る。そうしなかった以上、協力者なんかいないのか、あるいは身近な人物が協力者か、じゃないかな」

その筆頭が、最も身近な人物である高村明日花。

「それで、君はそう思う?」

単純な質問なのに、俺は答えるまでに十秒ほどもかかっていた。

「思わない……思いたくない、かな」

思い当たる動機がないわけじゃない。当然病気のことだ。

死刑囚への執行の告知が前日だった時代には告知された夜に自殺する奴がいたとか、余命宣告を受けた人が……とか、死ぬのが怖くて自殺というのは論理的にはめちゃくちゃでも、多分普通にやってしまうことなんだろう。

その恐怖を一番身近で見てきた恋人が手を貸し、取り返しがつかなくなってから後悔してしまうのも。

でも、殉がそうだってのは嫌だ。

殉にはまだ数ヵ月あった。

生きていることより、恋人と過ごす時間よりもうすぐ死ぬことを重く見て逃避する、ましてや一番傷つく立場である恋人に手伝わせてまで世間に対して自殺じゃないと体裁を取り繕う――そんな人間なら俺は殉に惹《ひ》かれなかった。

ただ。

「わからないんだよな……逃げてたから、俺は」

俺が知っている殉は一年前までだ。二十歳そこそこで死ぬと運命づけられて、じわじわと病《やまい》が進行していく……それが殉の内面にどんな変化をもたらしたか、俺は知ろうとしなかった。

殉がそんなことするはずない、なんて言う資格はないのだ。

「だったらさ、知ろうじゃないか」

奥城は、あの引力のある瞳で俺を見据えて、そう提案してきた。

「知る……？」

「ああ。狭山くんがごくありふれた、迫る死への恐怖のために命を絶ったのか。思いも寄らない別な動機があるのか。本当のことを探ろうよ」

少なくとも僕は知りたい、と奥城は自分を指して言う。

その態度に、俺は今さらな疑問を抱いた。

「お前、殉の何なんだ？　どういう関係だったんだ」

ニュースで死の状況に不信感を抱いたって話だが、ただそれだけでこんなことをするのか。生前の殉と全く知らない仲とは思えない。

「僕、彼のバイト先の店によく行ってたんだ。よく見る店員の一人」

「……それだけ？」

「ああ。店員と客以上の会話もしてないし、名前も彼が死んでから知った」

「じゃあ、何で」

「興味が湧いたから。周囲に聖人みたいに言われる彼が、何でこんな面倒な偽装工作までして自殺したのか――それを知れれば、大きく前進するかもと思ってね」

「……『死を知りたい』ってアレが？」

出会い頭の演説を思い出して聞く。奥城は小さく頷いた。

あのときの不快感が蘇って舌打ちしたくなる。この女にとっては殉の死も研究対象なのだ。

とはいえこいつが現れなきゃ俺はトリックも見当がつかないままだったわけで、ぞっとしない気分だった。

「別に僕の動機まで共有してもらおうなんて思わないさ。ただ、狭山くんの死は知りたいんじゃないの、君だって」

「それは……」

否定できないが。

「わかるもんかな、今さら」

「何もしないよりは。そしてきっと時間が経つほど可能性は下がる」

「わかっても、もう死んでるのに？」

「生きてるじゃないか、君は」

手にした小さな火で俺を指す。

「僕らにはこれからがある。君がこれから自分の中の狭山くんをどう扱うにも、彼の死を納得するもしないも、彼を許すも憎むも、まずは知らなきゃ始まらない。

墓の中に持っていったつもりの秘密を掘り起こしてやるんだ。そして、君はそれに関して、僕よりずっと有利なポジションにいる。手を組もう」

さっきの「よかった」の意味がここに来て判明する。やっぱりろくでもない。死者への冒瀆《ぼうとく》だと思う。奥城に言わせれば無になった人間に尊厳も何もないかもしれないが、少なくとも生前の殉は一番避けたかっただろう事態だ。殉がこんなことまでして隠蔽した何かを暴くのだ。

でも俺は、その隠蔽した何かを、できるなら生前に知りたかった。アイツが秘めている、一人で抱えきれないものを共有して、アイツの力になりたかった。高村明日花より俺の方がお前を支えられるんだと。

それはもう不可能だ。取り返しがつかない。埋まらない穴がぽっかりと空いてしまった。

じゃあ、奥城はこれからと言ったが、これからもそうあり続けるつもりか、俺は。殉の秘密を今さらどうしようもないからと知ろうともせず、しかし割り切れもせずこの気分のまま生きていくのか。

それとも、案外割り切ってしまうのか。年月が経ったらこんなのも大したことじゃなくなって、苦い思い出のラベルを貼って、頭の隅に忘れたまま俺は上手くやれてしまうのか。

前者は耐えられない、後者は殺したくなる。

なら、今たしかめるべきだと思った。

決して穴が埋まらなくても、その穴の場所に本来何があったかくらいは知りたい。

「わかった」

ようやく、俺は絞り出した。

「俺ができることなら、やるよ。だから手を貸してくれ」

奥城灯と墓荒らしの共犯関係を結ぶ。握手なんかは特にしなかった。ただ――

「名前言ってなかったな。

鳴海浩弥だ。まあ、よろしく」

奥城が輪になった煙を吐いた。もしかして○《まる》ってことか？

・・・

「あれが狭山くんの終《つい》の住処《すみか》、になるはずだった家か」

「……まあな」

外で自殺したんじゃたしかに終の住処とは言わないだろう。

俺たちが乗っている市バスは今信号で停まっているが、車窓から外を覗くとあの家が見える。主を一人失っても、家の様子は四日前と変わらない。

殉の病気がわかり、地元で過ごす家として高村明日花が契約したのだとか。あんないい家の家賃を払えるのかと思うが、不動産屋に勤める俺の母の伝手《つて》で安く借りられたらしい。母は殉を気にかけていて、殉の病状も母から聞いていた。

そして、その高村が今は俺たちの重要参考人だった。

協力者だったら当然、そうじゃないとしても、彼女が自殺の動機、あるいはそれに迫れるような何かを知っている可能性は高い。

いや、高くはないかもしれないが、俺にわかる関係者の中で一番望みがありそうなのはたしかだ。俺とちがって、死の迫る殉にずっと寄り添ってきたのだから。

そして、友人の立場から高村をはじめ殉の周辺人物に容易に接触できるのが俺のアドバンテージだと奥城は言う。

何も知らずに殉の死を悲しむ人たちを利用する。流石に気が引けるが、奥城みたいな頭脳がない以上、その役目を積極的に果たす他ない。

「高村さん、鳴海くんから見てどんな人？」

奥城の問いかけは俺にとってかなりの難問だった。三十秒くらい経ってようやく口にした答えは。

「……優し、そう……？」

「ふわっとしてるね」

「よく知らないんだよ」

ぱっと頭に浮かんだのは、「胸がデカい」だったが、流石に口に出せなかった。殉も普通に巨乳の女が好きなのかな、嫌だなあ、と二人が付き合い出したときには思ったものだ。

初めて出会ったのはヤドリギの家のバザーに行ったときだ。当時の彼女は高校生で、黒髪のお下げで、眼鏡を掛けていて、施設で焼いたクッキーだかマドレーヌだかを売っていたと思う。

それから一年半後に彼女は卒業して県内の短大に入学。卒業後は市内の企業でSEとして働いているらしい。

巨大な家族である施設の子どもたちの中でも、二人はそれぞれ四歳と〇歳の頃から一緒に、姉弟のように育ってきていた。

まあ、恋愛関係になるのも自然なんだろう。どっちから告白したかは聞いていない。

憶えているのは、上京する日駅に見送りに来て殉をよろしくと言っていた彼女。

殉に会いに東京のアパートへ来た彼女。正月に帰省したときに迎えに来ていた彼女。

病気が発覚した後、殉を迎えに来て、アイツを抱きしめて泣いていた彼女。

警察署で、通夜で、葬式で、殉を呼んで咽《むせ》び泣《な》く彼女。

殉の骨の破片に謝っていた彼女。

そもそも彼女が何か知っているのでは、って話が俺たちにとっては数少ない取っ掛かりなのだが、俺の考えすぎであってほしい気がしてくる。

そして、考えすぎだった場合、彼女を無駄に傷つけるのを避けることはできるんだろうか、とも。

しかし、改めてわかったが俺の彼女への印象は「殉の幼馴染で恋人」というポジションに向けられたものが大部分らしい。人間性についての認識は「柔らかい雰囲気の優しそうな女性」止まりで、現状何か言えそうにない。

ただ、一つどうでもいいことを思い出していた。

「あと……あー、オカルトっぽい話がすっげー嫌いだったかな」

「へえ」

奥城が興味深げな反応をする。ちょうどそのとき、信号が青に変わってバスが走り出す。家の前を通り過ぎてしまうが、二十メートルほどのところに停留所があった。

そのバス停を……バスは通過する。

「やっぱり今日会うのがよくない？　一番突けばボロが出そうなタイミングだよ」

「……今日は遅くまで葬式の後始末とかあるんだってよ。ほら、明かりついてないし帰ってないんだろ」

奥城のあまりにろくでもない発想に、いざ対面したとき下手なことを言わないだろうなと心配になる。今日ではないにしろ、近いうちに必ずやらなきゃならないことだった。つらくないときに殉のことで会って話したい――ついさっき、母親にこう伝えてほしいと頼んだ。しかし実現したらしたでそのときが怖い。奥城はもちろん俺だってそんな対人スキルが高いとは思えない。

家をスルーして向かう先、別な目的地が、たしかめておきたいことが今の俺たちにはあった。

死の当日の殉には二時間の空白がある。

『私が十時半頃に夜勤から帰ってすぐ、殉くんもちょうど帰ってきて』――高村が警察署で言っていた。

俺が殉を家に送り届けたのは八時少し過ぎだったと思う。しかし高村の証言じゃ殉の帰宅は十時半。高村に飯を作っておいてやりたいから早く帰ると俺には言ったのに、実際に作ったのも十時半に帰ってからとのことだ。

高村の証言が本当なら、殉は俺が送ってからの二時間の間に改めて外出し、また帰宅したことになる。

奥城の考えるトリックを聞いた時、俺はその二時間で川の上流へ移動し、トリックを仕掛けて戻ったんじゃないかと思った。

しかし、奥城はそれを否定する。

『早く仕掛けすぎるのは良くない。自然の力に頼ったトリックだからね。全く同じ条件は用意できないし、似たような天気で検証しても多少のブレが出る。時間を長く取ればそれだけブレも大きくなる、失敗の確率が上がる』

つまり、殉が仕掛けたのは正午に外出してからで、そのままニルヴァーナへ移動し、人形が流れてくるのを待ったと見るのが妥当だと。

「もちろん、狭山くんのトリックが僕が考えたのと似たようなもので、高村さんが嘘を言ってないこと前提だけど」

奥城はそう付け足すが、とりあえず今は、その前提で考えることにする。

じゃあ朝の二時間、殉はわざわざまた外出してまで何をしていたんだって話になる。

二時間。映画一本分。長いような短いような時間だ。午後には死ぬつもりであることを思えばないも同然のような気もする。

どう過ごしたのか。何に使ったのか。

事に及ぶ前に――その場合は恐らく高村以外の――『協力者』と会っていた可能性、それとも単純に、死ぬ前に自分の育った町を巡っていた可能性。

後者だとしたらどこへ行ったのか。通っていた学校、遊び場、人生の大半を過ごしたヤドリギの家、二時間で全部巡れはしないだろう。

死の直前にわざわざ殉が訪ねた場所――俺の頭に「そこ」が浮かんだのは、「自殺」という共通点があるためだった。

今、俺たちの乗ったバスはそこへ向かっている。

「中学の時、殉と……っつうかクラスの連中に混ざって肝試しに行ったことあるんだ。集団自殺があった廃ビル」

「陵台《みささぎだい》ビル？」

「名前は初めて知ったわ」

当時の仲間内では「あのビル」「自殺ビル」みたいな呼び方をされていた気がする。奥城のいう名前で検索すると見覚えのある建物の画像がヒットした。

四階建てで窓ガラスは全て割れ、看板の類もなくコンクリートも傷みが激しい。ここで合っていた。名前を知っているあたり奥城が自殺フリークなのは本当らしい。

「有名な集団自殺の現場とはいえ、死ぬ前に行くくらい狭山くんは思い入れがあるのかい？　その肝試しの時に何かあった？」

「肝試しでは特に何も。俺も後から知ったことなんだけど――」報道されていない殉の情報を語る時、少しだけ得意になっている自分に気づいて、心の中で毒づいた。

「殉と、高村明日花の親も自殺してるんだ、そこで」

バスは住宅地を抜けると、両脇にカーディーラーやディスカウントショップ、外食チェーンの立ち並ぶいかにも地方といった大通りを走ってゆく。両脇を田畑に挟まれた道をしばらく走った先、葦原市でもいっそう辺鄙《へんぴ》な場所にあるバス停で下車する。

目と鼻の先にあの陵台ビルと、周りを囲うちょっとした林が見えた。

錆びついた看板を確認するとスマホで調べた通り、午前八時五十二分にこのバス停にバスが停車する。そのバスが殉の家の最寄りバス停を出るのは午前八時三十六分。

高村の証言に合う午前十時三十一分着のバスがここを出るのは午前十時十四分。バス停からビルへの移動時間を引いても一時間以上は滞在できるのだ。

この結果も、疑惑を強める要因になった。

陵台ビルは俺が来た七年前とだいたい同じような印象だった。今でも肝試しに来る奴はいるんだろうか。

中に入ると、たしかに憶えのある光景が広がっていて少しだけ懐かしくなる。エントランスに相当するエリアはまだ綺麗だが、進んでいくと、焼け残った家具類、煤で黒く汚れた壁に天井と、猛火の痕跡《こんせき》が見て取れる。

一九九九年、葦原市を中心に活動していたカルト教団の幹部と信者十数名が、本部道場だったここで焼身自殺を決行した。

どっちの両親もそのメンバーで、生後一ヵ月も経たない殉まで巻き込んで死のうとしたのだ。妊娠中に多額の借金を負っていたらしいが、事情が何にせよ子どもには関係ない。

それを救ったのが、同じく幹部の娘だった四歳の高村だ。自分の両親をはじめ大人たちが炎に包まれている中、殉を抱きかかえ、脱出に成功したという。

凄い話だと思う。殉の自己犠牲精神は、それが原体験になっているのかもしれない。不参加の信者の証言や残されたメモによると、この集団自殺を彼らは「清らかな世界へ旅立つための儀式」と捉えていたようだ。人民寺院だとかヘブンズ・ゲートだとか、カルト教団がこの手の信仰に基づいて自殺するのは世界的にも見られる、と事件の wiki では補足している。

英雄的な行動で殉を救った高村明日花だが、オカルト嫌いなのはこの一件が理由らしい。

霊や死後の世界なんてものを信じたせいで両親は死んだし、自分も殉も死にかけた。弱い人間がする現実逃避だ、と普段から想像もつかないくらい攻撃的になると殉が言っていた。

「まあ、俺もわかんねえな。そういうの信じんの」

「そうかな?」

奥城が意外な反応を示す。何となく宗教なんか馬鹿にしそうなタイプと思っていた。

「ごく自然な願望だと思うよ。死後も意識が存続する、善人は死後に救済され、悪人は罰せられる、理想郷があって、自分たちはそこに行ける——そう信じられるなら救われているよ」

皮肉のようにも聞こえる物言いだが、それにしては声音が穏やかすぎる。ただ、どっちにせよ自分では全く信じていないと伝わる言い方でもあった。

信じる者は救われる。有名な言葉だ。誰が言ったかは知らない。

俺は、サンタクロースとどっちが先に信じなくなっただろう。親の実家にあった地獄の絵本を、いつ何とも思わなくなっただろう。

殉はいい奴だから天国に行った。たしかに、そう信じられたらどんなにいいだろうかとは思う。そうだったら俺も天国へ行くため、殉に会うために善行に一生を捧《ささ》げたってよかった。

殉の両親は天国へ行こうとした。子どもも連れて行ってやろうとして、そのために殉や高村は死ぬところだった。

『死んだらどうなるのかな、人って』——殉の言葉が蘇る。ここに来ていたかも、と頭に浮かんだのは死の前日に零した言葉をここでも発していた、というぼんやりした繋がりのためだ。

死後の世界を信じ切っていたら多分あんなことは言わないだろう。

それでも、信じたいとは思っていたんじゃないか。中学二年のあのときも、俺と飲んだときも。自分まで巻き込んで死のうとした両親にも、死後の世界で救われていてほしいと、アイツは思ったかもしれない。

……そんな風に感傷に浸ったはいいものの、それ以上の具体的な収穫は特になさそうだった。

バスの時間が合致しているというだけで殉が乗っていた証拠はないし、仮に来ていたとして、何かアイツの内面を示すヒントを遺《のこ》していないなら徒労でしかない。

ビルの階段を登り、各フロアを歩き回っても何ら変わったところはない。ボロボロになった建材、燃え残った当時の家具類や生活雑貨などは生々しくて何か怖いが、それは事件の直後からそうだろう。壁の卑猥《ひわい》な落書きも昔来たときはもうあった気がする。

手持《ても》ち無沙汰《ぶさた》になり、ふとあのときの殉は壁の汚れに触れていたのを思い出して、意味もなく真似《まね》てみる。十数人が焼け死んだ業火の痕跡も、今はコンクリートの無機質な冷たさしかない。

もう存在しない殉に呼びかけてしまう。死ぬ前のお前は何を考えていたんだ、教えてくれ。

「浩弥」

「っ⁉」

また、殉の声に呼ばれた。

「鳴海くん」

あのときと同じく、振り向いた先にいるのは奥城だった。階段入り口からこちらを覗き込み、手招きしている。それに応じて一緒に階段を下り、ビルから出ると、裏手へと案内された。

「見回っていたら見つけたんだ。掘って埋めた痕《あと》がある」

指差した先は、たしかにむき出しの地面に半径数十センチの規模で土を弄ったような形跡があった。

ビルの陰に隠れてどうも日当たりが悪いらしい。周囲の土は乾ききっているのにそのあたりはまだ湿って緩いままで、その緩み方が周囲よりさらにはっきりしている。

あの駅ビルで殉が買っていたものを思い出した。キャンプ用品店の透明な袋から透けて見えた、折り畳みのスコップ。

人形を流す仕掛けを作るのに使ったと何となく思っていたが、そうじゃないなら。ここに来て何かを埋めていたなら。互いに目を見合わせる。

近くの林から太い木の枝を拾ってきて、柔らかくなった土へと突き立てる。掘るというかほじくるという感じの作業だった。

殉が何か埋めた？　何を？

何となく、タイムカプセルのようなものを頭に描いていた。殉が生前の秘めた思いをしたためた手紙や何かを死ぬ前に埋めておく。そういうイメージ。

あっさりと終わってしまうかもしれない。殉の胸中がわかるのではという状況になって、今さらな恐怖も湧《わ》いてきた。手が止まりそうになって、逃げるのもいい加減にしろと自分に言い聞かせる。

十分近く掘り進めて、何もないんじゃないかと思ったあたりで、枝の先が何かに触れる。

そこからは素手での作業だ。手を汚しながら周囲の土を除《の》けると、新聞紙に包まれた塊が出てきた。結構大きくて、片手で持つには心もとないサイズだ。

「何だ……？」

穴から出して包装を開けると、さらにラップで包まれた大小の塊が三つ転がり出る。黒ずんだものが透けて見える。うっすら汗をかいていたが、それが何かに気づいた途端すっと引くのを感じた。

ここ二ヵ月くらい、葦原市の名前は度々全国ニュースで報道されていた。奇怪な殺人事件が起きている町として。

最初は七月二日、ピアノ講師谷川瑞希《たにがわみずき》が首を絞めて殺されているのが見つかる。遺体からは両手首が切り取られていた。

八月四日に発見された会社員佐々村康平《さざむらこうへい》の遺体には舌がなく、九月九日に見つかった高校生八千草恵《やちぐさめぐみ》は右足首がなかった。

手首が二つ、足首が一つ、そして半《なか》ばほどで切り取られた舌。

引きつった声が漏れて、二、三歩後ずさっていた。

鳥肌が立つのを感じながら凝視する――ラップから液体、「汁」と言った方がよさそうなものが漏れ出して、肉の腐った臭《にお》いも立ち上る。

二人共、しばらく何も発さないままだった。

足下に落ちた煙草が煙をあげている。奥城の口から、本人も気づかないうちに零れたらしい。

ここまでスカした面ばかりだった奥城が、このときは何かを堪えるみたいな表情をしていた。涙かもしれないし、吐《は》き気《け》かもしれない。目を見開き、結んだ口元を震わせて、自分が掘り出してやろうと言った物を見下ろしていた。

「殉……」

嘘だと言ってくれ――これまでで一番強い懇願を込めて呼ぶ。期待していたあの声はもう聞こえなかった。

二章

世界が終わる前に

高二のときの担任が、国語の授業中に自分の父親が死んだときの話をした。

癌《がん》で死んだその父親は小さな文房具メーカーの社長で、病状が悪化して入院してからもベッドの上で仕事をこなし、昏睡《こんすい》状態に陥《おちい》る間際、人生最期の言葉さえも家族より会社を心配するものだったらしい。

なかなかひどい父親じゃないかと声が上がったが、担任はそこはもう今さらだったと苦笑し、人間には自分の代わりに死後も残ってくれるものが必要なんだと結んでいた。

家族なり、自分の何かしらの業績なり、芸術なり、周囲の人の記憶なり。自分以外の、自分が生み出した、関《かか》わった物が存在し続けてくれるからこそ、自分が立ち去る世界を愛せる、自分の死を受け入れられるんだと。

そのときの俺は、なら殉を残したいと思った。死に方を選べるなら殉に何か寄与する死がよかった。

トラックが殉に突っ込んできたら俺が盾になってみせるし、俺の臓器でも財産でも殉にやって構わないし、殉には俺の死後できるだけ長生きしてほしいと。

殉が存在し続けるなら、死の間際でも希望が持てると思っていた。

長生きどころか殉が先に死ぬのが確定して、そんな殉から自分が逃げ出すなんてもちろん全く思っていなかった。

・・・

ノートパソコンの画面にバスの車内の様子が流れている。葦原市営バスの各車両に設置された防犯カメラの記録映像で、画面下部には年月日と時刻の表示付きだ。

九月十六日、午前八時三十六分——その人物は車両後部の乗り込み口から乗車してきた。ニット帽とマスクで顔を隠し、傘とボストンバッグを手にしている。

俺がその姿を確認すると映像は一旦《いったん》停止、午前八時五十二分四十二秒時点からまた再生。その人物が運賃を支払い下車していく姿がしっかりと収められていた。

続いて別な車両の映像へと移る。

同日の午前十時十四分、さっきと同一人物と思《おぼ》しき人影が、降りたのと同じバス停で乗り込んでくる。

さっきと同じ格好で手には傘もある。ただしあのボストンバッグがない。そして彼は三十一分、約二時間前に乗ってきたバス停で下車していく。

「この彼、どうよ鳴海くん」

目の前に座る中年の男が俺に尋ねた。

県警捜査一課、葛西慎一郎《かさいしんいちろう》巡査部長、と初めに名乗っていた。今の映像は彼の部下が市の交通局を訪ね、コピーさせてもらったものだという。

「殉です……、殉に似てる、と思います」

予防線を張るように付け足すが、細い体つき、輪郭《りんかく》や帽子から覗く柔らかい髪はやっぱり殉のものだ。顔こそ写っていないが、俺にはそうとしか思えなかった。

もう一人の、記録する係だろう刑事が打鍵する音が響く。俺の証言が、供述調書ってヤツに記録されているんだろう。

もう何度目かわからない、嫌な寒気に襲われる。


陵台ビルで埋められていた人体のパーツを発見、通報するとパトカー数台が駆けつけた。制服の警察官に加えてスーツ姿の刑事も何人かいて、うち一人が目の前の葛西刑事。刑事がフィクションの中だけの職業じゃないのはわかってるが、それでも俺にはあまり現実味のない存在だった。今置かれた状況も夢なんじゃないかって気がした。殉が死んだあたりから全部夢だったことにしてほしい。

現場で実況見分というやつが行われ、発見者の俺たちの立ち会いのもとで何度も写真を撮ると、パーツを袋に収め回収していった。

そして、俺たちもまず現場で発見の経緯を聞かれる。たまたま肝試しにでも来てあれを見つけた若者ならここで終わりだったかもしれない。

先日死んだ友人、狭山殉に自殺疑惑を抱き、調べる過程で殉がここを訪れていたのではと考え……と語ると、そのまま葦原中央署に連れてこられ、こうして参考人として事情聴取を受けている。

「はい、似てます……殉だと思います」

また打鍵音が響いた。今度は市内にある複数のベビー用品店の防犯カメラ映像を見せられ、そのどれもに、同じく顔を隠した殉が写っていた。

俺が目撃した十五日以前にも、殉はたしかに、水に浮く素材でできたベビードールを購入していた。日付は、十一日、十三日。

奥城灯の推理が警察によって裏付けられた——殉は同じベビードールを複数購入してあの自殺方法の検証をしていたし、自殺する数時間前にあのバスに乗っていた。

でもあのときは思いもしなかった文脈がそこにぶら下がっていた。

「んじゃあ次、この三人、見覚えはあるかな。谷川瑞希、佐々村康平、八千草恵……例の、いわゆる『葦原市連続猟奇殺人事件』の犠牲者だ」

机に写真を並べて葛西刑事は俺に尋ねる。

四十前後の茶髪の女性、三十代の作業服の男性、ブレザーの女子高生。

全員初めて見る顔だが、あのパーツは彼らの死体から切り取られたのだと思うと、新聞紙越しに抱えたときの重みや感触、臭いが蘇ってくる。

「いえ……」

「狭山殉がこの人たちのことを喋ってたりは?」

「……そもそもこの一年、ロクに話してもなかったんで」

「死ぬ前の日に会ったんじゃなかったか?」

「そのときも、俺は酒入ってましたけど、知らない人の名前なんて出なかったと思います」

「ふうん。ありがとう」

また、カタカタと打鍵音。

「これ、あの、そういう、ことなんですかね?」

俺は早口で尋ねた。自ら発したってより勝手に漏れ出したみたいな声が出た。

「『そういう』ってのは?」

「殉が、人を……」

言葉の代わりに胃酸をぶち撒けてもおかしくなかった。

「……殺した、ってことですか」

葛西刑事に聞かされた――それと帰宅後に改めて調べた――事件の概要はこうだ。

一件目、七月二日早朝、ピアノ講師・谷川瑞希三十八歳が自宅マンションへと向かう通りの裏手で死んでいるのを発見される。

死因は紐状の物で首を絞められたことによる窒息死。現場に残っていた失禁跡からその場での殺害と見られていて、死亡推定時刻は司法解剖とポケットのレシートを照らし合わせた結果、前日二十時四十分頃から二十二時頃まで。

大きな特徴は、両手首がないこと。死後に切断され、犯人が持ち去ったと見られている。

二件目と思しき犠牲者が見つかったのは八月四日、市内の製菓会社に勤める会社員佐々村康平三十四歳。死因は後頭部を激しく殴られたことによる脳挫傷《のうざしょう》。

死亡推定時刻は前日夜二十二時四十分頃から二十三時まで。二十二時三十二分に現場から徒歩五分のラーメン屋を出ていて、胃の中のほとんど未消化の麺《めん》や具材も決め手になった。血痕《けっこん》からやはり発見場所での殺害の可能性が濃厚。彼は舌を切り取られていた。

三人目の被害者・高校生の八千草恵はこれまでと発覚の経緯が少しちがう。

九月九日、市内西部、台風による大雨で土砂崩れが発生した。怪我人《けがにん》は出なかったが、付近の住民が様子を見に来た際、崩れた土砂の中から死体を発見。その時には死後数日が経過していて、遺体には右足首がなかった。

すぐに身元が判明。死亡推定時刻を割り出すには腐敗が進んでいたが、九月四日二十一時過ぎに予備校を出てから家に帰らず、翌日には父親が捜索願を出している。殺害は四日から五日だろうとのことだ。

首筋を刃物で切り裂かれていて、死因は恐らく出血性ショック。もとから土に埋まっていた形跡があり、殺害、右足首の切断後、犯人が隠滅を図ったが、土砂崩れで死体が露出・発見されてしまったと思われる。

猟奇性なき猟奇殺人――メディアではそんな風に言われているらしい。

ここまでの三件、「ほぼ一ヵ月スパンの犯行」「遺体の一部を切断して持ち去る」という共通点から同一犯による連続殺人と見られてはいる。

ただ、それ以外がブレまくっている。

三十八歳ピアノ講師女性を絞殺、三十四歳会社員男性を撲殺、十七歳女子高生を刺殺――ターゲットの層も殺し方も、遺体の一部切断さえも部位がバラバラだ。

見るからに異常な犯罪なのにその異常さにはターゲットの年齢性別や容姿、特定の部位へのフェチズムといった、犯人の嗜好から来る方向性がない。それが謎だ、と。

犯行の手口そのものは巧妙らしかった。少なくとも殺害場所がわかっている二件は人目も殆どない場所と時間帯で、被害者の帰宅ルートを調べ上げて待ち伏せ、殺害に及んだのだろう、と。

れるくらい。

そこまでするのに何のために殺しているのかがさっぱり見えない。強盗や性的暴行の痕跡もない。被害者の選別も、目撃されずに殺せることを基準に行っているのでは、と言われるくらい。

唯一「意味」を見出せそうな点が、切り取る部位のチョイスだ。

被害者によってバラバラなのは各人のアイデンティティに関わる部位を選んでいるからという説が有力で、まず両手を切断された谷川瑞希はピアノ講師。舌を切り取られた佐々村康平はブログやSNSでのグルメレビューがけっこうな人気だったそうだ。八千草恵は陸上部の選手で、利き足は切断された右。

当人にとって重要な部位へのフェチズムだとか、逆にそれらを切り取ることで対象を貶める呪術的な発想の冒瀆行為だとか言われている。

だとしても結局、被害者には何の共通点や繋がりもない。容疑者を絞るのも、次に狙われる人間を予測するのも困難で、捜査は難航していたらしい。

そんなところに今日になって舞い込んだのが、俺たちからの通報、今俺がこうして喋っている狭山殉の生前の不審な行動。

殉が自殺方法の検証に着手したのは三件目の発覚後で、死の直前、中身が不明の荷物を手に訪れた可能性のある陵台ビルには、持ち去られた切断部位が埋まっていた。

それはつまり、何を意味するか。

「流石にたしかなことを言える段階じゃないな」

　葛西刑事は難しい顔をして言う。

「バスの防犯カメラの映像じゃバッグの中身は確認できないし、バスを降りた後の足取りも今のとこ不明、現場の足跡ももう判別できる状態じゃない。ビルの敷地《しきち》からもあれ以外は何も出てないしな。だから狭山があれを埋めたってのも定かじゃないし、まずないと思うけど、ＤＮＡ鑑定の結果が出ない内はあのパーツが事件と全然関係ない人間から切り取られた可能性さえある」

　だからこれから、殉を軸に事件に繋がる情報、証拠や証言を集めていくのだ、と。結果、続々と証拠が見つかるかもしれない。殉が事件にどう関わっていたのか全てが明るみに出るのかも。

　それは、いいことなはずだ。殺人なんて最大の悪事なんだから。

「高村明日花は」

「そりゃまあ、調べるよ当然」

　あれらのパーツはそれなりに腐敗が進んでいるみたいだったが、切断から二ヵ月経つ手首なんて、本来はもっとドロドロになっていておかしくないだろう。埋めるまでは何かしら鮮度を保《たも》つ形で保管していたことになる。

一番に考えられる保管場所は自宅で、高村明日花は同居していた。殉の一番身近な人間だった。真相に繫がる可能性が最も高いのは彼女だろう。

何かしらの兆候を察知していた可能性。

関与を知っていた可能性。

共犯だった可能性。

高村こそが犯人の可能性。

二人が付き合い出したときの複雑な感情を思い出す。これが幸せなんだろうと思っていた。死の確定した殉に寄り添う彼女に、俺とはちがう、俺よりずっと強くて殉にふさわしいんだと思っていた。

何だったんだ、あの二人は。

「大丈夫かい？　顔色悪いよ？」

葛西刑事が心配そうに言う。薄《うっす》らとした吐き気と腹痛と悪寒、色んな不快感がないまぜになっていた。

その後すぐに供述調書の内容を確認させられ、俺の事情聴取は終了した。通報から六時間、ひどく疲れていて、しかし飯も食ってない割に空腹感はなかった。

捜査の進展次第でまた話を聞く可能性はあると伝えられ、パトカーで送ってくれると言われたが断った。

殉を警察に明け渡してしまった、これ以上警察に借りを作りたくない——自分でも意味不明な気持ちが薄らとあったのだ。

ロビーへの廊下を葛西刑事と歩く。

「喪服なんか着てるところに言うことじゃないけどさ、鳴海くん」

「はい」

「死人のことを調べるのは警察の仕事だ。君はあまり囚われない方がいいよ。人生これからなんだから」

殺人事件を担当する刑事らしい言葉なのかもしれない。それを裏付けるような例を見てきたのかもしれない。

葛西刑事に見送られて玄関を出る。真っ暗で、ひんやりした外気に季節を感じる。家に帰ればいいだけなのに、あてもなく放り出されたような、そんな心地がした。

俺は警察署の敷地から出る前に足を止める。

玄関を出て壁沿いに十メートルほど行ったところのベンチに、誰か腰掛けていた。署内から漏れてくる明かりでぼうっと浮かび上がった小柄な影。

近づいてみると、スカジャンにパンツ姿は数時間前まで行動を共にしていた相手のものだった。

彼女も取り調べを受けていて、俺より先に終わったと言われていた。

彼女は俺が近づいてきたのに気づくと俯き気味だった顔をあげ、こちらへ視線を向ける。

奥城灯。数時間前に組んだばかりの、殉の死を探るパートナー、のはずだ。

ただ、ごく短い時間でできあがった彼女の印象と比べて、今の彼女には欠けている部分がある。

煙草を吸っていない。

ベンチの傍らには灰皿が設置してある。どれだけここにいたか知らないが、あれだけのチェーンスモーカーが一本も吸った様子がなかった。

死体を発見した直後の様子を思い出す。奥城は通報して警察が来るまでの間、煙草も吸わずひたすらに黙り込んでいた。現場で事情を聞かれている間もぼそぼそと答えるだけだったと思う。

あれだけ不謹慎な言動をしていても殺人事件は流石にショックだったんだろう。

どちらも言葉を発さないまま数秒の間があって、俺は彼女の隣に、少し距離を置いて座る。

座ってからも一言も発さなかった。話題がないとかじゃない。言うべきことはいくらでもあるはずで、それを口にしたくない。考えたくない。

沈黙を破ったのは奥城だ。

「どうする？」

「……何が」

「犯人だったら」

「知るかよっ‼」

一番向き合いたくない質問に、思わず言葉が荒くなる。悲鳴のような威嚇《いかく》。

自分で自分に問わなかったわけがないだろう。この数時間、頭の中はそれ一色だった。

知るか、はいい言葉じゃなかった。関係ないとか興味がないとか、そういうのじゃない。

「わかんねえ、わかんねえだろ……何も。わかんねえのに答えられるか」

殉か高村、あるいは両方が関与していたとして。

どう関わったのか。何人自身の手で殺したのか。何のために殺したのか。

そんなこともわからないのに、どうするか、なんて答えられるはずもない。

奥城自身の言葉を思い出す。

『彼を許すも憎むも、まずは知らなきゃ始まらない』

いいことを言っていると思う。あの言葉で俺も殉を知ろうと思った。だけどまさか殺人事件なんて。こうなったらもう、俺たちの探偵ごっこが許される話じゃない。

スマホには、数時間前に母親に送ったメッセージの返信が来ている。

『会いたいって話、明日花ちゃんは明日十四時からどうか、だそうです』

実に話が早い。あれを見つける前なら、気が重いとは感じつつも前進と思えただろう。今は会いたい気持ちが全く起こらなかった。

何しろもう俺の中の高村明日花は殺人の容疑者だ。当然、近日中には警察が彼女に話を聞くわけだ。俺たちが会ってどうしようというのか。

犯罪の中身を知る、調べるのはもう警察の仕事だ。俺たちはせいぜい参考人で、警察の捜査で発覚した情報で、殉のことを知った気になるしかない。

次々と事実が発覚し、犯人が捕まり、法廷で、被害者遺族や世間の注目を浴びる中で真相が明かされ、裁きが下る。

想像すると吐きそうだった。

「殉が何考えてたか、警察が解いてくれんのかな、全部」

投げやりにそう零して、数秒の沈黙を挟んだ後。

隣でボッ、という音がした。

音に視線を向けると、奥城が煙草を咥え、ライターで点火したところだった。

彼女の猫みたいな顔が照らし出される。レンズ越しの引力ある瞳が俺を見据え、そして。

思い切り煙を吹きかけてきた。

俺は不意を突かれ、いくらか吸い込んでしまう。

煙が鼻と喉《のど》の粘膜をイガイガと刺激する。

身近に喫煙者のいない俺には初めての経験で、堪えられずに激しく咳《せ》き込《こ》む。

「何すんだ」

アメリカとかなら傷害罪で損害賠償ウン億ドルだぞ、多分。

睨まれた奥城は真《ま》っ直《す》ぐに俺を見返して言った。

「いいのかい、それで」

「はぁ？　いいのか、って……いや、殺人だぞ」

ごく正論を言っているつもりだった。この期に及んで、何を勘違いしているんだ。

「もう俺たちが何を調べるっつうんだよ」

「君は殺人事件の捜査をするつもりなの？　僕らが手を組んだ目的、そんなことだった？」

「………」

「殺人の捜査は警察の仕事。僕らは引き続き自殺の動機を探る。それで何の問題があるの」

殉の自殺の動機。たしかに、調べていたのはあくまでそこだった。

殺人のインパクトがデカすぎて、そっちにばかり思考がいっていた。

「狭山くんが何を考えていたか、何故《なぜ》寿命を待たず死を選んだのか。事件はそこに絡むかも知れない。でも本題じゃない。警察の本題は殺人事件、いくら捜査能力が優れていようと、事件が解ければ狭山くんの自殺は放置していいんだ。

君の本題は狭山くんだ。彼の内面の機微なら、友人の君だからこそ気づけることだってあるかもしれない」

「それは」

まあ、奥城の言う通りなんだろう。俺を買いかぶり過ぎじゃないかとは思うが、姿勢が正しいのは間違いない。覚悟を決めたつもりですぐ投げ出しかかっている俺なんかよりずっと当初の目的に真摯だ。

ただ、思っていた。

「お前、よくそんな……」

「そんな、何だい？」

「いつも通りっていうか、変わらずいられるな」

いや、思い返してみれば全く平然としていたわけじゃない。パーツ発見直後の自失状態だとか、さっきまで煙草を吸ってなかったこととか、ショックはあったにちがいない。

それでもそのあたりのことを忘れさせるくらい、彼女は出会ったときの奥城灯だった。煙草を吸って変身。ニチアサで流せないヒーローだ。

「何よりも重大だからね、死は」

二本目の煙草を取り出しながら言う。一本目に火をつけて三分もせずに。こいつの死因は多分肺ガンだろう。

「狭山くんが事件に関与してようとなかろうと、人生が凡庸だろうと非凡だろうと、死ねば無で、取り返しがつかない。だからこそ、何が絡んでいようと死の解明は常に最優先なんだ、僕には」

そう訴える奥城灯が、このときの俺には綺麗に見えた。殉とは全然ちがう。正しいとか優しいとはきっとちがう。それでも、惹かれるところがある。

奥城灯の探求に付き合いたい気持ちが殉の死の解明へのモチベーションをこのときばかりは上回るくらいに。

それで、俺たちは明日約束通りに高村明日花を訪ねることにする。果たしてどれだけ情報を得られるものかわからないが、動かずにいる間に失われるものはきっとあるだろう、と。

母親にその旨のメッセージを送信すると、俺は奥城に目をやっていた。

「何だい？」

「いや、あの……」

俺はまた思い出す。奥城灯の根本らしい言葉。そして尋ねた。

「『死を知りたい』って何なんだ？」

いずれ死ぬ者として、死を知っておきたい。そんな話だったか。改めて思い返しても、何を言ってるか全然わからない。

奥城は二本目に火をつけてから答える。

「僕はね、世界はホスピスみたいなものだと思ってる。知ってるかい、ホスピス」

「何となくのイメージは」

治る見込みのない患者が苦痛を和らげるケアを受けながら最期の時を過ごす施設、という印象だ。どれくらい正しいのかはわからない。

「人間は皆末期患者さ。じゃなきゃ死刑囚だ。生まれた瞬間から全ての人間に死が決定されていて、死以外では出られない。出た先には何もない。世界はそういう場所」

限りなく広がっているこの世界を、死が決まっているという一点で彼女はそう喩《たと》えた。

「『いつか死ぬのに生きてる意味なんかあるのか』って思ったことある？」

「……なくは、ない」

人生の中で一度や二度、考え込む場面はあると思う。

「僕はずっと思ってるよ。どうして何かを成し遂げようと思えるんだろう。成し遂げた何もかも、いつか失われる。無為じゃない人生なんかないだろうに」

「ずっとって、今も？」

「ずっとだからね」

そこまでいくとついていけない。誰もが一度は考えそうなことなのと同時に、いつまでも考えることじゃないとも思う。

そんなの、答えなんか出ないし、どうしようもないし、いいことなさそうな疑問じゃないか。

人生は所詮《しょせん》暇潰《ひまつぶ》し、みたいな言い回しがある。誰が言ったか知らないが、ある意味無為であることを認めていて、開き直っている。そっちの方がいいんだろう。前向き、建設的なんだろう。囚われている奥城とは逆に。

「人生は多分丸々、自分の人生が無為じゃないって思うためにあるんだ。天国に行けるって信仰とか、子孫や自分の影響を残すとか、自分だけのターミナルケア、治療薬を探してる。誰もが医者で患者、囚人で教誨師……それが人間なんじゃないかな」

「……言い過ぎだろ、流石に」

「そうかな。でも僕は、知りたいんだよ。僕にもあるのかを」

いくら何でも極端すぎる人生観だ。そうまで死を深刻に扱うのは、死に直面した時くらいでいいと思う。

それに、結果こいつが人の死について調べているってなら、どのくらい意味があるんだろう。他人の死にどれだけ触れたところで他人じゃないか。自分が何に救われるかは、自分の人生からしか見つからないんじゃないか。

そんな説教じみたことを考えてしまうが、それでも、そうやって、考えてもしかたのないことに向き合っている姿は綺麗に見えた。

俺なら、頭の隅に追いやって、いよいよ近づいてきたときには目を背けて追いつかれるまで逃げ回る、そうする他思いつかないから。あまりにも勝手だが、徒労に過ぎなくても戦って欲しいと思わされた。殉が勝てなくてもヒーローだったように。

そんなこと口に出せるはずもなく黙っていたが――

「……帰ろうぜ、奥城」

「ん、ああ」

そう言って、俺たちは今度こそ警察署を後にする。

署の玄関口のあたりから、こちらをじっと睨んでいる男がいた。

警官の制服姿で背がかなり高い。捜査本部のメンバーかわからないが、とりあえずあまり警察の人間に見られたくはなかった。

奥城とは大したやり取りもなく別れ、その後の帰り道も、吉野家《よしのや》に寄って遅い夕飯を食っている間も帰ってからも、奥城の言葉を考えていた。

殉はどうだったんだろう、と。

間もなく全てを失う状況に直面して、殉は奥城の言うところの「治療薬」を見つけられたんだろうか。

ひょっとして、その「治療薬」が連続殺人だったんじゃないか。

人を殺して、その死に際の様子を観察することで何か悟りでも得られると思ったんじゃないか。もっと単純に、「道連れ」が欲しかったんじゃないか。警察が発見できていないような何らかの繋がり——例えば、嫌な話だが実はあの教団絡みだとか——があって、そこから怨恨が生まれたんじゃないか。

意図のわからない遺体の切断は、ひょっとしたら捜査の攪乱《かくらん》で意味ありげなことをしているだけで実際は意味なんかないかも知れない。

死を前に狂気に陥った殉は思い残すことのないよう犯行に及ぶが全く満たされず、絶望感や罪悪感から死を選んだのでは——

ないな、と首を横に振る。

俺は殉が怒ったところさえ記憶にない。悪意、殺意を他人に向ける姿自体想像もつかなかった。

殉から逃げていた俺には断定する資格がないとは言っても、これはあまりにも馬鹿げてると思う。

じゃあ、高村明日花はどうだろうか。

高村は殉を失う不条理さを紛らわすために殺人を繰り返していた。恋人の凶行を知った殉は絶望し、それでも証拠であるパーツは隠した上で自殺した――

馬鹿げてるのはどちらも同じだった。こんなの憶測でさえない。妄想だ。

何しろ「殉が切断部位を埋めていたと思われる」以上の材料がないんだから。

その後、深夜までネットの事件の考察を読み漁っても新たに気付くことはなく、俺の考えは、同じところをグルグル回り続けるだけに終わった。

「また事件の方に囚われているね、鳴海くん」

奥城は煙を吐きながら呆《あき》れた風に言った。

立ち襟のパーカー、細身のパンツに包まれた足を組んで俺の隣に腰掛けている。

服は変わっても変わらないのは煙草で、今日会ってからすでに三本目だ。俺の中ではすっかり奥城灯のアイコンみたいになっている。

「いや、だってさ……」

そう言われては反論できないが、しかし、しょうがないじゃないかとも思う。

「今んとこ、他に取っ掛かりみたいなのもほとんどないし、考えたら事件のことばっかになるだろ」

「……まあ、たしかに僕だって君より考えが進んでいるわけじゃないしね。今ある情報だけじゃ手詰まりなのはたしかだ。だからこれから調べるわけだけど――」

灰を落としながら、奥城は俺に聞く。

「君から見て、狭山くんはどんな人間だったかな？」

眼鏡の奥の瞳に、自分の強張《こわば》った顔が映る。別に凄んだ様子もないし腕力で負けるとは思えないのに精神的に圧倒される。俺のどんな微細な反応も漏らさず観察されるような、何もかも見透かされるような、そんな気にさせられる。

「だから、俺は知らないんだって……」

「いいよ、君が親しくしていた頃、それまでの狭山くんでさ。何しろほら、僕は何も知らない。店頭でにこやかに接客していた彼以外は」

「………俺が、知ってるのは……」

その言葉に、少し考えてから俺は答えた。

「弱いアンパンマン、みたいな……」

「ひたすら顔をあげる人？」

冗談のつもりかも知れないが、その表現が正解だと思う。原作の絵本のアンパンマンは実際にそういうキャラクターらしい。

殉の場合は、顔がなくなったら今度は自分の体も切り分けるだろう。

「自分より他人に何かすることばっかで、危なっかしいし、心配だし、重いし、正直ちょっと怖いんだよ……見返りも欲しがらないし、好かれてさえなくて」

それでも、感動したんだ俺は。

手からビームは出ないしむしろ普通より貧弱だとしても、ヒーローはいる。正義や善なんて幻想かも知れないが、貫《つらぬ》ける人間がいるのだと。

そんな存在を守りたかった。たくさん得をしてほしかった。

それでも殉が金持ちになったり高村明日花と幸せな家庭を築いたり、というのは何だかイメージしづらかったし、実際にあんな最期を迎えてしまった。

その最期について、こうして殉と照らし合わせると改めて思うことがあった。悲しみや虚《むな》しさや怒りじゃなく。

「自殺なんかしねえよ、殉は」

自殺は、自分のためにするものだと思う。奥城の言う治療薬の見つからなかった人間が、自分をこれ以上の苦しみから守るために。

死の恐怖だろうと殺人の罪悪感だろうと、それで死を選ぶ殉が、俺には腑《ふ》に落ちない。

アイツは自分を大事にできる人間じゃない。

「周りからしたらさ、最後まで生きて看取《みと》られながら死ぬのが一番マシだろ、どう考えても。だったら殉は生きるのが苦しくても生きるよ。事故に見せかけるとか以前に、自殺なんかしない」

「……なるほど」

「……いや、わかるよ？　こういうの、願望の押しつけだって。だからダメなんだって」

俺は言い訳がましい言葉を慌てて付け足すが、奥城があまりにどうでもよさそうな目で見てくるので情けなくなって黙り込む。

奥城は伏し目がちな表情で煙草を咥え、しばらく沈黙したかと思うと一気にあたりが白んで見えるくらいの煙を吐いた。

何を思っているんだろうか。殉とはちがい生きているし、真相究明のパートナーで、考えの共有くらいしていいはずだ。聞いてみたかったが、煙たすぎて口を開けると咽そうだった。

「でも」

「えっ？」

口を開いたのは奥城だった。

「でも狭山くんは、自殺している」

最初からわかっていた事実が鉛のように重たい。俺の考える殉と矛盾する現実がある。

催眠術で自殺させるなんて無理なのは知っている。事件への関与はまだ定かじゃないが、アイツが自分の意志で命を絶ったのは間違いないのだ。

殉は何故自殺したのか。

一年で変わってしまった……あるいは……積極的な死の目的があった？

苦痛や恐怖から逃れるためでなく、死ぬことが誰かのためになる？　死ななければ誰かが傷つく？

そんな状況なら、殉が命を捨てるのは何ら違和感がない。問題はそんな状況あるのかってことだが。

そして、誰かとは――

「浩弥くん？」

今まさに頭に浮かべた人物の声がした。

視線を向けた先、チュニックとパンツ姿、ふわふわしたボブカットの女性が、少しおどろいたような表情でこちらを見ている。

格好と不釣り合いな革手袋が、初めて会ったときからの彼女の特徴だった。殉を助けたときに火傷《やけど》を負ったとかで、その痕を隠しているらしい。

殉の恋人で同棲相手・高村明日花。

「どうも……」

「あ、はい……えっと」

ベンチから立ち上がり挨拶《あいさつ》するが、向こうは困惑しているみたいだ。

何でここにいるのか、と言いたいんだろう。

葦原中央署。俺たちも昨日事情聴取を受けた、連続殺人の捜査本部がある警察署、彼女はそこから出てきたところで、俺たちは喫煙所でそれを待っていた。

もともと今日会う約束をしてはいたが、それは彼女の家を訪ねる形だったし、その約束もなしになったはずだった。

『やっぱり今日は会えません』──約束の時間よりだいぶ早く、そう送ってきたのだ。

連絡を受けた俺たちがそれでも家を訪ねてみるとたしかに留守で、しかし車は停めてあるのが見えた。

警察に連れて行かれた、という推測はどうやら当たっていたらしい。逮捕された、あるいはそのまま逮捕されてしまう可能性も大いにあったが、どうやらそれは免《まぬが》れたようだ。喜んでいいのかはわからない。

周囲で聞いていそうな人物がいないことを確認してから告げた。

「俺と、こっちは奥城灯って言います。俺たちが、あの埋まってたパーツを見つけました」

「………そう、そう、なんだ」

目を見開き、そしてパチパチと瞬きをして言う。

「じゃあ、知ってるんだね、浩弥くんたちは」

「はい」

「私も今……刑事さんに色々聞かれてきたところ」

今朝の朝刊には昨日のパーツ発見の記事が載っていた。誰が埋めたのかは捜査中とされていて、殉の名前はなかったし発見者の情報も年齢性別しか載っていない。この分だと事情聴取でも、俺《たち》たちについては伏せられていたんだろう。

今、完全に彼女に伝わってしまった。俺たちがあなたが警察に疑われたきっかけです。そして、俺たちも疑っていることも、察せられないわけがない。昨日危惧《きぐ》した通りの状況になってしまった。

どう切り出せばいいかわからなかった。聞きたいことはあれこれあったはずなのだが、結果的に漠然とした問いを俺は発していた。

「教えてください、殉は……何で死んだんですか？」

初めて入る殉と高村の家は外観も内部もお洒落《しゃれ》な雰囲気の一戸建てだった。両親と子ども二人くらいの、それなりに裕福な家族が住んでいそうな。

今日の正午過ぎ、県警の刑事二人組がこの家を訪れ、応対した高村に連続殺人の参考人として任意同行を求めた。県警の刑事二人組がこの家を訪ねるあたり、参考人と言っても俺たちとはちがって強い疑いを持った状態でのことだろう。

要求に応じた高村は取調室で葛西刑事に事件のことを説明され、関与について、狭山殉の行動について尋ねられ――

「知りませんって答えた。信じてもらえないかもしれないけど、本当に知らなくて、私」

木目調のダイニングテーブルを挟んで向かい合う。殉と高村もここでこうして食卓を囲んでいたのかもしれないが、状況が状況なので思い出すのは取調室の光景だ。

「そう、ですか」

口ではそう言ったがすんなり納得はできなかった。

「アリバイっていうの？　私も、殉くんもあるから」

彼女は脇の椅子《いす》に置いていたハンドバッグから書類を取り出して言う。殉のバイト先の勤怠表、刑事が店を訪ねてもらってきたもののコピーらしい。

三件の犯行が行われたと見られる七月一日、八月三日、九月四日のうち、殉は八月三日こそ恐らく自宅にいたとかで証明はできないものの、他の二件では深夜までバイトのシフトが入っていた。

高村に関しては三日全て、犯行当時どこにいたかの記録があったらしい。

七月一日は市内の銀行ATM——時刻と距離を照らし合わせると、犯行は不可能と思われる場所だった——を利用、八月三日は市外の映画館でレイトショーを見ていて、九月四日は市内のネットカフェにいた。

どれも彼女のカードや会員証を使用した記録が残っているし、防犯カメラだって設置されているはず、そう主張した。

八千草恵の死亡推定時刻ははっきりしないが、彼女が予備校を出てから自宅への帰宅途中に襲うのはアリバイが正しいなら不可能だ。

「だから私も殉くんも犯人じゃない。事件のことなんて何も知らない」

「そう、ですか」

二度目のそうですか、を言う俺は一度目よりはっきりと疑念を抱いていた。

彼女の語るアリバイ、理屈としては通ってるのかもしれないが――

「たしかに無関係そうですね、狭山くんも、高村さんも」

奥城が言い放った。

「正直僕は高村さんが犯人で、それで狭山くんが自殺したんじゃ、みたいなことを想像してました。お二人にそんな疑いを向けてしまって、申し訳ない」

「ううん、しかたないよ。殉くん、たしかにバスに乗ってたしね。私も何してるのってびっくりした……」

奥城は膝《ひざ》に手を置いてぺこりと頭を下げる。

誰だお前。思わずそうツッコミたくなるような素直さだ。

その横顔をじっと見ていると、奥城の口がほんの少しだけ開いて動くのが見えた。

『わかってる』――声には出さずにそう言っていた。

はっとして高村の方へと視線を戻す。

たしかに、真相がどっちにせよ、今この場で彼女を刺激して態度を頑《かたく》なにさせてもしかたない。そういう判断なんだろう。

「あのバッグの中身とか、降りた先でどうしたのかとかわかんないけど……事件に関わってない、のだけはたしか。殉くんがするはずない。絶対に、そんなことしない」

確信しているような口調で高村は言う。

最後の言葉だけは同意せざるを得ない気持ちにさせられて、俺も何も言えなくなる。

ただ、本当に殺人が全くの無関係だったとしても、俺には聞かなきゃならないことがあった。

「あの、高村さん、じゃあ」

「何？」

一度深呼吸をして、テーブルの上の拳《こぶし》を強く握って切り出す。

「『ごめん』って何だったんですか？　謝ってましたよね？　葬式のとき、殉の骨を拾いながら」

穏やかに尋ねるつもりが、声に力がこもってしまう。そんなこと言ってないとか憶えてないとか言われたら声を荒げない自信がない。

「…………うん、言った。言ったね、私」

肯定され、安堵と緊張が同時に襲ってくる。待ち望んでいた答えなのにその先を聞きたくない。皮膚がざわつく。脇の下が汗で濡れる。

「………何を、謝ったんですか？」

「私も、知ってたから、殉くんが、………自殺したって」

思わず椅子から立ち上がる。

ダンッと、勢いよくテーブルに手をつく。

威圧的な、情けない態度だった。

「鳴海くん」

「………すみません、でも、どういうことですか？　いつ知ったんですか？」

「レシート、あって……。あの人形の……。亡くなって三日目に、殉くんの部屋に落ちてた」

そう言われて、俺たちは二階へと上がる。母親から聞かされたとある事実が頭の中にちらついたが、高村の話の真偽を確認するのが今はより重要だった。

階段から見て一番手前にあるトイレの前を過ぎると、『じゅん』とネームプレートのかかった部屋。

高村に促《うなが》され中へ入る。

物の少ない部屋だった。本棚にミニテーブルと収納ボックスがあるだけの。

そのテーブル上に、くしゃくしゃになったレシートが落ちていた。高村が拾い上げ、伸ばして俺たちに見せる。購入した店名と日付、ベビードールの商品名が記録されている。間違いないようだった。

なら……殉の自殺は俺ばかりか高村にまで露呈《ろてい》していたことになるのか。あれだけ手の込んだ手段を取っておいて。

「ガバガバじゃねえかよ、馬鹿」

もしも全ての偽装が完璧《かんぺき》だったら、俺も高村も悲劇の死を遂げたヒーローとしてのアイツを疑わなかったんだろうか。

アイツがそう図ったというのが、やはり裏切られた気持ちになる。俺に怒る資格なんかないのに。

「殉くんね……死ぬの、怖がってたよ」

「そう、なんですか？」

今度の「そうなんですか」はおどろきからだった。

高村は当たり前のことを言った。そりゃ死ぬのは怖い。全て消えてしまうんだ。どうあがいても回避できないんだ。

でも俺は殉もそうだというのがショックだった。悟った風に死を受け入れるアイツを、どこか期待していたのだ、多分。

なんて醜い。

「普段通りの優しい殉くんでいようとしてるのに、どんどん余裕がなくなってた。病気が進行してるって言われた日、泣いてた。『どうせ死んじゃうんだよ』『助けてよ』って叫んで……」

高村が涙声で語る。動悸《どうき》がした。下痢のときの寒気みたいな嫌な感覚が全身に広がっていく。

やめてくれと言いたかったが、言っちゃいけないのだ。高村の吐き出すこれこそが、彼女が向き合って、俺が逃げ続けてきたものなんだ。

「殉くん、普段通りでいられないから、死んだんだと思ってる」

「……どういう、ことですか？」

「殉くんは、人を傷つけるのが何より嫌いだから、人を傷つけない自分でいられなくなって、死が近づくほどどんどんひどくなるのを止められないから。だから死んだんじゃないかって。

まだ優しい人でいられるうちに。私のために……傷つけないように、あんなことして……」

そこから、高村は嗚咽し始めた。泣き声や洟《はな》を啜る音に混じって後悔の言葉が漏れる。

「私が殉くんを安心させてあげなきゃいけなかった」「優しいままでいられなくていい、

私を傷つけてもいいから」「それでも死ぬより生きていたいって思わせてあげなきゃ。怖い気持ちを和らげてあげなきゃ」

だから骨になった殉を前に「ごめん」という言葉が出てきた、彼女は言う。

彼女が殺人犯なんじゃゃ、という疑念もこのときは忘れそうだった。

すまなかった。殉についててやれなくて。

この人ほどアイツを支えられたとは到底思えない。心を救えたわけがない。

それでもあのとき、俺だって大学を辞めてもいい、一緒に地元に帰る、お前が死ぬまでお前と一緒にいるって言えなくて悪かった。

耐えられず、部屋を見回す。本棚には福祉関係の本と絵画の教本、画集らしき本が半々。

手を伸ばし、高村に尋ねる。

「見て、いいですか」

「見てあげて」

スケッチブックを手に取ってパラパラ捲《めく》ると、高村がモデルらしいスケッチが並んでいた。色んなポーズで彼女を描いている。やっぱり下手くそだ。

今すぐ生き返ってくれ。俺たちの無神論なんか台無しにして突然この場に殉の霊が現れたら最高だ。

高村はティッシュで洟をかむと、俺に笑いかけて聞いた。

「浩弥くん、知ってる？　殉くん、屋根裏に上がるのが好きだった」

「……屋根裏？」

「この家限定かなあ。施設ではそんなことしてなかったし。殉くん、引っ越してきた日にここの押し入れから屋根裏に上がれるって気づいて、時々懐中電灯持ち込んで、屋根裏で過ごしてた」

「屋根裏部屋があるんですか？」

「部屋じゃないよ。そんなスペースないし、四《よ》つん這《ば》いで進むしかないくらい。本当に屋根裏って感じの屋根裏」

何だか唐突な情報だった。

俺のイメージする屋根裏はホコリ臭くてゴキブリや下手するとネズミが走り回っているような不潔な空間だ。

殉がそこに寝そべっている図は嫌だったが、あり得ないかと言えば、アイツはそういう奇癖の一つくらいあってもおかしくはない気がする。

解釈ちがいってほどじゃないが一致してもない、そんな塩梅《あんばい》の。

「どうかな、浩弥くんも」

「え？」

「上がってみる?」

やはり唐突な提案に感じたが、応じることにした。

何らかの発見への期待というよりは、単純に、たった今知らされた殉の未知の部分を、補完しておきたかったのかもしれない。

積まれた布団に膝立ちし、出入り口の蓋《ふた》を少し持ち上げてずらすと、頭を突っ込む。

覗けた景色は、たしかに屋根裏って感じだ。柱や梁《はり》と思しき木材が張り巡らされていて広くはないが、小柄な殉なら何か敷けばカプセルホテルくらいには快適に過ごせるかもしれない。

奥の方には薄らと光るラインが見えた。もう一つ屋根裏への出入り口があって、そこの部屋から光が漏れているんだろう。

そして、イメージとちがって案外綺麗だった。拭《ふ》き掃除《そうじ》でもしているのか、少なくとも出入り口付近はホコリが積もっている様子もない。

仄《ほの》かに柑橘《かんきつ》系の香りまですると思えば、出入り口のすぐ横に、何かスプレーのボトルが倒れていた。

引っ張って確認すると、商品名のロゴと共にオレンジらしい果物がプリントされたパッケージ。消臭剤のようだった。

「スプレーありますけど、掃除とかしてたんですか?」

「あ、ああ、うん……殉くんが、ほら、よく上がるとこだったから」

殉は寝そべっていたというが、俺の図体《ずうたい》だとそれは苦しそうなので、見ただけでやめにすることにした。

押し入れから降りる際、もう一つ気づくことがあった。収納ケースと布団の間で何やら光っている。

ちょっといいですか、と高村に断り、強引に引っ張り出す。

鍵《かぎ》だった。銀色の、ごく普通の鍵。

「……見せて」

「は、はい」

高村の要求に答えて手渡すと、しばらく呆《ほう》けたみたいに固まっていた。パンツのポケットからリングでまとめられた鍵束《かぎたば》を取り出す。そのうちの一つと、今渡した鍵を見比べ、顔を引きつらせたかと思うとすぐに俯く。

「家のっ……鍵……殉くんの」

途切れ途切れにそう漏らした。

「一回、失《な》くしたって、騒いでたんだけど、ここにあったんだ……」

顔は見えてないが言葉に詰まり気味で、泣いているようだった。

当人が死んでから失くした物が出てくる。そのことがまた涙腺《るいせん》を刺激したのかもしれない。

奥城は興味を持ったのか怪しんだのか、その鍵二つを借りてやけにじっくりと見比べている様子だったが、たしかに挿し込む部分は同じ形だ。消臭剤のことと合わせて、殉が屋根裏に上がっていたのは本当のようだ。

その後、何だかやけにゆっくりした動作で、お釣りを店員に渡すみたいにして鍵を返した。

高村は仕舞ってくる、と言って自分の部屋へ向かう。二、三分ほど経っても戻らず、奥城が「行ってみない？」と言うので俺たちも高村の部屋に移動した。

こっちのドアには「あすか」と書かれたプレート。ノックして声をかけると、少し慌てた感じで「どうぞ」と返事があり、中からドアが開く。

俺、奥城の順で中に入ると高村が尋ねた。

「何か感じる、浩弥くん？」

「え、感じ……いえ……」

よくわからない質問に困惑しつつ部屋を見回す。

広いな、というのが第一印象だ。作り自体が殉の部屋よりだいぶ大きいのだと思う。壁紙にカーテン、絨毯と白に近い色合いで、そして賑やかな部屋だった。

壁際には二人で寝ていたんだろうダブルベッド。反対側の壁にはテレビ、デスクにはパソコン、その隣にはシステムラックと本棚が続けて並ぶ。

ここは高村の部屋というより高村と殉、二人の部屋だったんじゃないか。殉は自室よりこっちで過ごす時間が長かったんじゃないか。そう思わせた。

二人で遊んだのだろうPS4やSwitch、画材やイーゼルなんかも置かれている。デスクの椅子は、さっき見たスケッチで高村が座っていたものに似ていた。ドアの横のクローゼットには殉のものだろう上着が下がっているのも見える。

俺が何も知らなきゃ、部屋の主はバカップルなんだろうなと思いそうだ。

殉の部屋もそこまで狭いわけじゃないのにわざわざダブルベッドでいつも一緒に寝ていて、枕が二つ並んでいる。

まるで殉が今も生きているみたいで、しかしアイツの死を決定的に示す物も同時に存在した。

「浩弥くんたち、来てくれたよ」

システムラックの前へ移動した高村が、中段、ちょうど目線の高さにある物へ語りかける。

柔らかく微笑んでいる殉の写真。

隣には、円筒形の骨壺。

一日ぶりに再会する、殉の遺影と骨だった。

昔祖父が死んだ時には火葬後に墓に骨壺を納めていたが、高村は自宅に保管することを選んだ。法律上は許されるらしい。

「離れたところに埋めちゃうよりここにある方が、ほら。その代わり、殉くんに会いたいって人がいたら、拒《こば》まないつもり」

俺たちに笑いかける彼女に、俺はどう返していいかわからなかった。

高村は「ゆっくりお話ししてていいよ。私がいたら話せないこともあるかもだし」と言って部屋を出ていく。

ドア越しに聞こえていた足音が小さくなっていき、聞こえなくなったかと思うと、ガチャリ……と恐らく殉の部屋のドアが閉まる音。

廊下からの音が途絶えると小さく息を吐き、視線を足下へ落とす。骨や写真に話すことなんてないし、殉の生活に彩られたこの部屋は息苦しかった。視界に入れて落ち着いていられるものがあまりに少ない。

「なあ」

奥城へ視線をやって尋ねる。煙草のない彼女がすでにしっくりこなくなっている自分に気づいた。

「どう思う、あの人？」

「まず、自殺の協力者の可能性は低いかな」

「それは、だろうな」

鈍い俺にもわかる話だった。

あのレシート。俺たちが殉の自殺を疑ってるなんて高村はもともと知る由もなかったわけで、当初の予定通りならあれを見せる必要もないはずだ。自分は自殺の協力者ではない、なんて主張しなきゃならない状況に備えて用意していたとは思えない。

殉の自殺は高村にとっても想定外だった。自殺の傍証としてあのレシートを発見した。そのあたりまでは本当なんだろうと思う。

「鳴海くん的に、動機の話は？」

今度は俺が聞かれる番だった。

「高村さんの言うあれが正解ならもう捜査は終了だけど」

難しい質問だった。迫る死の恐怖で殉はこれまで通りの自分を保てなくなり、それで周囲を傷つけることが耐えられずに自殺した、という話。

聞かされた時のインパクトはあったし、利他的で自分を大事にしない殉ならやりかねないと思わせるところもあった。

「殉がどんどん変わってったとかは、まあ、ホント、なのかもな……」

むしろそうであってくれとさえ思った。殉が死に際しても俺の憧《あこが》れたそのままだったら、何だか俺に都合が良すぎる。

とはいえ全部鵜呑みにはできない。

理由の一つは単純に、結論を出すには調べが浅すぎるから。

身も蓋もないことを言えば、殉の生前の行動がどれだけわかっても内面まで解き明かすのは望み薄なんだろう。しかし、だからこそせめて調べられる要素は調べ尽くしてからにすべきじゃないか。

本当に事件と無関係で高村が自分の知る限りの真実を語っていたとしても、それならそれで何故あのバスに乗ったのか、バッグの中身は何だったのか、はなおさら見逃せない謎《なぞ》になる。

「そもそも、俺はあの人が犯人じゃないかって気になってるよ」

家に来る前は情報が少なすぎてどうとも言えないと思っていた。今だって、何で殺しただとかは全然見当もつかない。しかし、疑念は明確なものになっている。

何故かと言えば。

「アリバイが嘘っぽい、だろ?」

俺でも思ったので当然だが、やはり奥城は全てわかった上だったらしい。

殉が三件のうち二件はバイト中、一件はアリバイなしだったのに対して、社会人の高村は三件ともプライベートな時間で、の割に上手いことアリバイがあるというのだ。

それを証明してくれるのは同僚とか友人とか彼女をある程度知っている人物じゃなく、

防犯カメラにカードの使用といった公的な記録。三件全てで、だ。

全く無関係な人間がたまたま、にしては出来過ぎな印象で、つまり何かしらの工作の結果なんじゃと思わせた。アリバイ工作。何だか非現実的な言葉だ。

「嘘だとしても今の僕らに実証する手立てはないね。警察も当然嘘っぽいとは思うだろうし、警察ができないなら無理だろうさ」

「まあ、だろうけど」

「……何だい」

じっと奥城を見つめている自分に気づいて目を逸らす。

煙草がない、とはまた別の違和感があった。

言ってることは間違ってないが、この家に来てからの奥城は大人しい、良識的だ。まだ出会って二日目だが、もっと無神経というか不謹慎というか、ズケズケ物を言う人間だった気がする。

昨日あんだけ煽った癖《くせ》に、ひょっとして俺がナメられてるだけじゃないのか、あるいはニコチンが切れていると大人しくなるのか。

「ねえ」

奥城が唐突に俺を呼ぶ。

「何だよ」

「もし高村さんが犯人で、狭山くんの望みが隠蔽なら、君はどうする?」

ダイニングには濃厚なチーズとトマトの匂《にお》いが漂う。高村が取ってくれた宅配ピザだ。

俺は奥城の問いかけに答えられず、黙り込んだまま時間が過ぎた。流石に主がいないのをいいことに家探しなんかするわけにはいかず、クローゼットの奥にもう一つの屋根裏点検口——殉の部屋で覗いた時に漏れていた光はここからだろう——があるのをチェックしたくらいだ。暇を持て余していると、高村が呼びに来た。

十五分ぶりくらいに会う彼女は、殉の部屋を掃除でもしていたのかあの消臭剤だろう柑橘系の匂いを纏《まと》っていて、俺たちを夕食に誘った。

俺一人なら遠慮したかったところだ。

一服盛られるとまでは思わないが疑惑は健在なわけで、一緒に飯を食いたくはない。しかしそこで奥城が即飛びついたため、残して帰るのも何だかという感じでご馳走《ちそう》になることにしたのだった。

あの丸鋸《まるのこ》みたいなカッターで高村がピザを切り分ける。この手のジャンクフードは脂質と糖の塊なわけで普段控《ひか》えているが、やはりジャンクに食欲を刺激してくる。食事を楽しんでいい状況では多分ない。

奥城はオプションで注文したデスソースをちょっと前の YouTuber でもやらないくら

いにドバドバかけまくっている。煙草の吸いすぎで舌が馬鹿になってるんじゃないか。

「家事、だいたい殉くん任せで……。外食とかインスタントに偏らないようにしないとなんだけど。浩弥くん、自炊とかできる？」

「ああ、はい。アイツ、俺と住んでた頃は全然できなかったですよ、家事」

「うん……私と暮らしだして、がんばって憶えてくれたみたい」

だろうなと思う。全ての人に優しかった殉だが、一番尽くしたい相手は彼女だったのだ。

なおさら、高村の語るあの動機にも説得力が生まれてしまう。

「殉くん、私に付き合って飲めるようにってお酒にも挑戦して。パッチテストで真っ赤だったし、一口飲んだだけで寝ちゃって」

今はコーラが注がれたビールグラスを見つめて愛《いと》しげに言う。

俺はその様子を見ながらダイエットコーラを飲むと、少し迷って、それでもバッグから封筒を取り出した。

母親の勧める不動産会社のロゴ入りで、中にはクリップでまとめられた住宅案内のチラシが十数枚。この近辺の、女性単身者向けのアパートやマンションだった。

「お母さんから？」

「まあ、ですね……引っ越さないかって話みたいです」

「ずっと言われてたよ。殉くんが死ぬ前から」

この家は母親の勤める会社が管理していて、高村はその伝手で借りることができたらしいが、当の母親はもともとそれをあまり快く思っておらず、そして後悔しているらしい。

別に一軒家の管理の手間とか家賃とかの話ではない。

「この家が呪《のろ》われてるって話かい?」

真っ赤なクアトロフォルマッジを口に運ぼうとしていた奥城が反応する。

「ここも知ってんのかよ」

「僕を誰だと思ってるんだい」

まあそうだなと思ったが、陵台ビルの知名度には及ぶべくもないだろうにやはりよく知っているものだ。俺は今朝母親に聞かされるまで知らなかった。

二〇一一年、最初にこの家を建てた男が借金を苦に家族全員を殺害後、自分も首を吊った。その後、親戚によってこの家は借家に出される。

この時点で多くの人は住みたがらないだろうが、それでも豪胆なのか好事家なのか、翌年に会社経営者・田原弘道《たはらひろみち》という人物が借りると言い出した。

四年後の二〇一六年、田原は突然行方不明になり、またこの家は借家に出された。一家心中のあった家で次の住人が行方不明。その手の噂《うわさ》も囁《ささや》かれる。

それから三年後にこの家を借りると言い出したのが高村だ。

曰くを無視すればこの家は優良物件で、曰くのおかげで家賃は1Kのアパート並みらしい。同居する殉にとっては終の住処となるはずだったが、病気で命を落とす前にアイツは死んでしまった。

呪いの家扱いされるには十分だろう。何しろこれまでの住人の過半数が死ぬか行方不明だ。母親は担当じゃないものの仲介した責任に苛《さいな》まれ、割と本気で高村が住み続けることを危惧しているようだった。

「お母さんには悪いけど、ずっと住むつもり。掃除とかは、うん、これから大変だろうけどね……。殉くんと暮らした家だから……」

「そう、ですか」

「殉くんね、私に、前と同じく生きててほしかったんだって思ってる。だから、傷つけないようにああいう死に方して……言ってよって思うけど……絵も、思い出も、この家も……殉くんが遺してくれたものだから、なるべく大事にしないと、ね」

リビングの壁にかかった殉の絵を見つめる。

たしかに殉はそう思ってただろう。高村の言葉で一番すんなり受け入れられるものだった。

俺が殉を残したいと思ったように、高村が生き続けることに、殉が最大の希望を託していただろうと。

「わかりますよ、気持ち」

俺は嘘をついて、その次の言葉を発する。

「でも……流石にちょっと怖くないですか？　この家」

「殉くんが祟《たた》りに遭って死んだってこと？」

「そうは言わないですけど……あの、知ってます、よね？　高村さんの部屋らしいですよ？　最初の、家族が死んでた現場」

俺は霊を信じないが、それでも自分が住むなら極力立ち入らないと思う。穢れ思想というのか、何となくの拒否感さえ湧きもしないのか。

「関係ない」

それまでとまるきりトーンのちがう、冷え冷えとした声で彼女は答えた。

「霊なんかいないんだから」

背筋がぞくりとした。

彼女のオカルト嫌いは知っている。俺だって信じない。

でも思った。

あんた殉の遺骨と遺影をわざわざあんな所に飾ってたじゃないか。

俺に「お話ししてて」って言ったじゃないか。

……いや、おかしくはない。

無神論者でも初詣《はつもうで》に行っておみくじを引く、占いを選択の基準にする、墓参りをするし、故人の遺影に語りかける。

それくらいの宗教的な習慣があるのはまあ普通だろう。

でもあれだけ殉の遺物を殉として扱う人間が、あんなに温度のない言い方をするだろうか。

結局俺はその後ピザにもロクに手を付けないまま、奥城と高村家を後にすることになる。

街灯の照らす道を並んで歩く。数時間ぶりの煙草をふかしながら奥城が言った。

「高村さんに自分を遺して、いくらか救われてたのはたしかだろうね、狭山くん」

「……だろうな」

奥城が殉の内面を推し量るようなことを言ったのには少なからずインパクトがあった。

あの家で大人しくしていた奥城だが、それだけのものを高村から感じたんだろうか。

「高村さんも、救われている」

「そうだな」

「鳴海くんは？」

「…………」

煽っているつもりなら殴ってしまうかも知れない。

こちらを見て訴えかけてくる彼女は、出会ってから一番じゃないかというくらい真剣味があった。

俺に何を求めてこれを聞くのか。どう答えたらこいつがどう感じるか知らない。ただ、正直に答えた。

「全然」

あれもこれも殉じゃない。殉の描いた絵もＬＩＮＥの履歴も、殉が存在しないなら何でもない。言葉も絵も新たなものは生まれない。何も返ってこない。俺の感情も永遠に届かない。

一体どこに救われるんだろうと思う。

俺が殉の恋人で、セックスしてて、一番愛されてて、一番多くを遺されてたら話が変わるんだろうか。

俺の答えを、奥城は黙って聞いていた。

「遺せば救われるような物に、どうやったら出会えるんだろうね」

彼女はあの悪趣味な趣味の目的を治療薬探しと言っていた。当然、まだ見つかっていない。そう吐露する。

俺にもわからない。かつてはあったし、つい最近なくしたばかりだ。きっと運は大きいだろう。

「煙草はとりあえずやめた方がいいかもな。長生きした方が期待値デカそうだし」

「それは無理だね。地球上の煙草を吸い尽くすのが数少ない夢なんだ」

灰の山に埋もれて、煙草を咥えたまま死ぬ様を想像する。

結構いい死に方かも知れない。

その後すぐ、俺たちは自分たちの帰り道に沿って別れる。奥城は「じゃあ」とだけ言って夜道に消えていった。

帰り道を歩きながら思い出す。高村の部屋で、奥城が俺に投げてきた問いかけ。

『もし高村さんが犯人で、狭山くんの望みが隠蔽なら、君はどうする？』

殉そのものじゃないものに価値がないなら、俺はすっぱり割り切って、高村を堂々と断罪できるのか。

わからない。殉の最期の願いが本当にそれでも絶対に心が動かないとは俺には言えないし、そこに何があったのか、まだ知らなすぎるから。

判断を下すためには、やはり知らなきゃならないのだと思う。

翌二十二日、俺は高村が事件当日に利用したという各施設を調べて回った。

ネットカフェ、銀行ATM、そして隣の市の映画館。わかったのは、顔認証システムを採用しているような施設はなく、カメラはどれも顔がモロに写る角度ではなさそうってことだ。

カツラを被《かぶ》り、高村の目立つ要素である手袋を着用し、胸に詰め物でもすれば、カメラの映像上では高村に見えるんじゃないだろうか。

だとするなら、高村が犯人なら共犯者がいる。

仮に、男にしては小柄で華奢《きゃしゃ》な殉が女装して役目を果たすとしても、それができるのは二件目だけだ。つまり殉以外に誰かが。

そしてその日、市内で女性の遺体が発見される。

塚本和穂《つかもとかずほ》、四十一歳。市内でネイルサロンを経営。

遺体は両手の指から爪を全て剝《は》ぎ取《と》られていた。

彼女の死亡推定時刻は発見前日の午後五時から七時。俺たちが高村宅を訪問している最中のことだった。

三章 きっと誰もが永遠を手に入れたい

「人は死んだらどうなると思いますか、って聞かれて、殉くんに」

あの問いかけを殉からされた人間が俺以外にもいた。

俺の母親だ。

二十二日夜、父親も妹も外出中の夕食の席で、焼きビーフンを啜りながら尋ねたのだ。

生前の殉を今からでも知りたい、と。

連続殺人との関連なんて知る由もない彼女は息子が純粋に亡くした親友のことを知りたがっていると思ったのだろう――いやまあ実際にそれはそうだが――、軽く涙ぐんで話してくれた。罪悪感が凄い。

「殉によく会ってたらしいじゃん？　様子おかしいみたいのなかった？　割と最近で」

そう都合のいい情報は得られまいと思ったが、予想外の答えが返ってくる。

「ちょうどお盆……先月の十三とか十四とかかな。殉くんのバイト先に時々顔見に行くんだけど、いっつもニコニコして親切な子なのに、その時はずっと心ここにあらずーって感じで、社員さんみたいな人に注意されてたから。

それでお母さん、殉くんの退勤する時間聞いて、終わる時間、ご飯誘ったの。何でも好きなもの頼んでもいいからって……」

「それで？」

「聞いたのよ。明日花ちゃんと喧嘩《けんか》でもしたの、おばさんでよかったら何でも聞くからって言ったら、『変なこと言うんですけど』って前置きして――」

件《くだん》の質問をしてきた、らしい。

「簡単に答えられる質問じゃないじゃない？　そもそもわからないし、殉くんの体のこと考えたら、余命をはっきり告げられたのかとか、考えちゃうでしょ」

母はそう言ったが、その後ちゃんと答えたんだろう。俺とはちがう。

「何て……答えた？」

「たしか、霊とかはおばさんあると思う、って。天国とか地獄とか生まれ変わりとか、わかんないけどね。あれだけいっぱい見たって人いるんだから、本物だってあるに決まってるし、死んだら終わりなんてないじゃない、寂《さび》しいものって」

「……殉は、何つった？」

笑って礼を言ったのだという。どんな笑顔かは聞かなかった。

アイツが母の言葉にどれくらい救われたのだかわからない。その後、俺にも同じことを聞いているのだ。

母の言葉はまあ、気休めだ。当然。

でも、死ぬってことについて気休め以上の言葉なんてあるんだろうか。

だって肝心の死を解消できないんだから。死という究極の損失を補えるものなんてないんだから。

きっと誰に聞いたってそうなんじゃないか。達観した風に語る奴がいても、死を前にしたらそいつの語る真理なんて全部吹き飛びそうに思える。

それでも気休めを求める人は、気休めに縋《すが》るほかないのだと思う。奥城の言う治療薬は、自分にぴったりのとびきりの気休めってところだろうか。

奥城には自分の人生を生きるしかないとかえらそうなことを思ったが、自分が消えてしまうというときに、自分の言葉じゃダメだったんじゃないか。

少しでも多くの気休めを集めて、恐ろしさや虚無感を紛らわせたかったんじゃないか。

あのとき俺も上手い気休めを言えてしまっていたら、俺の言葉も死に向かわせる一助になったのかもしれない。

死なせたくないなら、俺は逆に死の虚無を思い出させるようなことを言えばよかったのか？

死を恐れ、生にしがみついてくれるように。

でもそうしたら、俺自身がアイツの向かう虚無を直視することになる。救われないってことを。

アイツと同じ世界にはいけない他人《俺》は、あの前の晩に何を言うべきだったのか。

永遠に答えの出ない、そして答えを言う機会は巡ってこない問いだ。

そして。

「殉からその話聞いたの、お盆頃、なんだよな?」

「え、うん……ぴったりかは自信ないけどねえ、大きくズレてはないはず」

母から得た情報でもう一つ見逃せない点がある。日付だ。

そのやり取りをしたという時期は佐々村康平殺害の少し後だ。

三件目である八千草恵の遺体は前の二人とちがってもともと隠蔽《いんぺい》されていた。

もしも殉があんなことを聞くようになったきっかけが佐々村殺害にあるなら、その隠蔽工作は佐々村殺害に関して何かあったのが原因だったりはしないか。

つまりは……殉が、例えば高村の犯行を知ったとか。

あの言葉は自分以上に、命を奪われた二人を思って湧いたのかもしれない。

それによって、殉をこれ以上傷つけないために犯人は三人目を隠すことにした? しかし露見し、殉は自殺した?

あまりにふわっとしすぎている。点と点が繋がる、みたいな言い回しがあるが、繋いで形が見えてくるにはまだ点が少なすぎるのだと思う。

テーブル脇に畳んで置かれた、この日の夕刊に目をやる。連続殺人に関する新たな事実が二つ報道されていた。

一つは県警科捜研からの発表。

俺たちが二日前に見つけたあのパーツのＤＮＡ鑑定が行われ、結果被害者のものと一致したという。

あれらは谷川瑞希の手首、佐々村康平の舌、八千草恵の右足首であると証明された。もはやちがっていた方が逆に怖いが、それぞれ殺された人から切り取られたのを思うと、生前の、あれらが繋がって動いていた様子を想像してしまって嫌だった。

もう一つが、一連の猟奇殺人に似通った他殺体の発見。

この日の早朝に葦原市内の山地で地元住民が女性の遺体を発見し、通報した。

持ち物から判明した名前は塚本和穂。市内でネイルサロンを経営する四十一歳。

死因は頸部《けいぶ》圧迫による窒息。紐状のもので絞める絞殺じゃなく、素手で気道を押さえる扼殺《やくさつ》という殺し方らしい。

遺体は首回りが濡れていたとかで、ニュースサイトのコメントでは指紋を洗ったんじゃないかと言われていた。指紋というのは手の表面の脂が皮膚の溝に沿って付着したものので、完全に消したいなら拭いたくらいじゃダメらしい。

爪を剝がされていたのは多分ネイリストだからで、それは別にいい。

問題は死亡推定時刻だ。

塚本和穂が死んだのは前日二十一日の午後五時から七時頃。

これが一連の事件の四件目なら、すでに死んでいる殉はもちろん、死亡推定時刻に俺たちと一緒にいた高村も犯人ではないか、あるいは別な、共犯者の存在を示すことになる。

しかし一方で、これまでのパターンから外れる部分もある。記事でもそのことに触れられていた。

これまで、殺人は一ヵ月前後のスパンで行われていた。それが今回は八千草恵の殺害日から数えても三週間も経っていない。

その上、八千草恵のように遺体を隠した風でもないのに塚本もまた生活ルートから大きく外れた場所で見つかっている。

だから、実は一連の事件と無関係の犯行ではという声もネットを見ると出ている——模倣犯だとか、前の三件の犯人に嫌疑を擦《なす》り付《つ》けようとしたのだとか。

「それあれ？　事件のこと書いてるの？」

「うん、まあ」

母が唐突に聞いてきた。ひょっとして殉のこと知られてないよな、と不安になる。

「やっぱりねえ、お母さんそういうのあると思うの。あんたひねてるから信じないだろうけど」

「そういうの？　……霊とかの話？」

母は頷く。たしかにさっきまではその話をしてたが、今は事件の話をふらなかったか。

「今日、そのニュースがネットで出た時に会社の子が騒いでてね。お母さんもそれで知ったんだけど」

一旦言葉を切り、俺の手にした新聞を指して続ける。

「その殺された人、昔、明日花ちゃんの家に住んでたって」

「……ああ、まあ、事実だ。把握してるよ」

葦原中央署の取調室、葛西刑事に母からの情報を伝えるとすでに調べがついていたようだった。流石にプロだ。

二十三日、俺は中央署に呼ばれ、二度目の事情聴取を受けていた。

高村明日花の方は昨日の段階で警察に呼ばれ、そこで塚本殺害当時のアリバイを語ったという。つまり、俺や奥城が当時家に来ていた、と。

それが本当かをまず尋ねられ、肯定するとさらに詳しい様子を聞かれる。

午後五時から七時の間は俺たちがずっと家にいたし、高村が俺たちの目の届かない場所にいた時間は合わせて二十分もないだろう。他に人の気配はなく、人を殺せる状況だったとは思えない。

だから塚本は無関係なんじゃないか――俺も最初そう思ったが、二人の間に接点があったことを昨日母親から聞いている。

塚本は高村宅の一つ前の住人・田原弘道の愛人だったらしいのだ。

あの家には当初田原とその妻が住んでいたが、夫婦関係が悪化したのか早々に妻が出ていき、そこで塚本があの家の一室に住み始め同居生活を送っていた。

しかしその田原は行方不明になり、以後塚本は市内のマンションに一人暮らしということだ。

前の住人、の愛人。普通なら全く無関係と言っていいと思う。

しかし今、高村の関与が疑われている事件と似た形で塚本は殺害された。偶然にしては出来すぎなんじゃないか。

二人共何かの形で繋がりがあり、それは事件に関わっているんじゃないか。そのために殺されたんじゃないか。そんな風に見てしまう。

そして、そしてだ。

「塚本さんもアリバイがない……んじゃないですか?」

この繋がりを知ってから改めて塚本を調べた結果、判明したことがあった。

彼女の店の公式サイトと塚本自身の運営するブログでは各営業日ごとに出勤しているネイリストがわかるようになっていた。

客が自分の信頼するスタッフを指名できるようにするシステムだとかで、美容室なんかもこういう店は割とあるらしい。

その表を見る限り店長でもある塚本は営業日の大半で出勤しているが、犯行が行われた日はいずれもオフのようだった。

さらに、自分が殺される当日は店のサイトだと出勤日のはずだったが、実際は出ていなかったらしい。店のSNSアカウントが当日朝、彼女は欠勤する旨を告知している。

それが何を意味するのか。

俺の頭に浮かぶのは前の三件の犯行当時、都合よく顔の写らない角度で防犯カメラに姿を記録されていた高村だ。

塚本は共犯者であり、犯行当時、高村に扮《ふん》して離れた場所の施設を高村のカードを使って利用、アリバイを作った——それが一番素直な解釈だと思う。

殺された日も、何かしらの理由で呼び出されて殺されたのかも。高村のアリバイを作るため、今度は自分自身が生贄《いけにえ》にされたんじゃないか。

もちろん、まだ埋めなきゃならない穴は多い。

もしこの仮説通りなら、塚本を殺害した第三の共犯者がいることになる。そいつは一体誰なのか。

そもそも、三人が協力しあって何でこんなことをしているのかがわからない。この殺人によってそいつらは何を得るというのか。

ただ、塚本の存在が浮かんだことで取っ掛かりが増えたのはたしかだろう。塚本の愛人・田原の失踪《しっそう》もいかにも意味ありげに見えてくる。失踪が事件に絡んでいるのか、実は世間から隠れている田原が三人目なんじゃないか――

ともかく高村と塚本の関係を掘り下げれば、事件の真相に大きく近づくのは間違いない。

俺は確信に近いものを抱いていた。

「仕事以外のアリバイとか、そういうのあったんですか……塚本さんは」

俺からの質問に、葛西刑事はひどく呆れた顔をする。

「『そんなこと教えるわけないだろう』って怒られた」

『自分を名探偵と勘違いしてる一般人って一番鬱陶《うっとう》しいだろうね』

電話口の奥城からごく常識的な答えが返ってくる。全くその通りなのだが、こいつに言われると何か釈然としない。

中央署を出てすぐのファミレス、事情聴取を終えた俺は、周りに客のいない席を選んでドリンクバーを注文すると奥城に電話でこれまでに得た情報を報告する。

母親から聞いた殉の言葉、防犯カメラのこと、高村と塚本の関係。

「でも自殺の動機考えるなら、結局事件のことは外せないだろ。無関係でしたってわかるまでは……」

『だから、警察は塚本さんとの接点を掴んでるんだ。二人の間に交流がなかったか、調べないわけがない。警察の仕事でいいんだよ』

すっかり立場の逆転した感のある奥城に諭《さと》される。

犯罪捜査で俺が思いつくことは全部警察が思いつくし、実行する能力と権限がある。任せればいい。正論だ。

『再三言ってるのに、やたら事件にこだわるね、鳴海くん』

「そりゃあ、事件が一番考える余地のあることだし……」

警察に任せればいいと言われても、気がつけば考えてしまう。

でも、多分それだけではない。最初警察任せにして捜査を投げようとしたのは俺だが、そのときからずっともやもやしていることがある。

「例えば、こう、犯人が高村さんで、警察が捕まえるじゃん」

『うん』

「塚本はちがうかもだけど最低三人は殺されてて、裁判になったら世間が注目して、多分遺族は死刑にしろって訴えると思う」

『だろうね』

俺は、殺人に関して高村に怒りは感じないと思う。殺された人を知らないから。

俺が怒るとしたら殉の死の真相次第で、しかし高村が殺人犯として裁かれるとき、俺よりよっぽど彼女を憎むべき人たちが彼女を罵倒《ばとう》し、断罪するんだろう。

奥城は言っていた。高村が犯人ならどうするか、と。

俺は、何があったか知らないことにはわからないと思った。だから知ろう、と。

しかし。

「事件のことが全部わかっても、どうしたらいいかわかんない気がするんだよ。身内を殺された人がいる。俺だけの問題じゃないって感じで。クソ勝手だけど」

俺は周囲がどうあろうと自分を保てるような強い人間じゃない。大罪人の高村に、あくまで個人的なままどう扱うか決められる気がしない。気持ちが濁ってしまうと思う。

「……別に復讐《ふくしゅう》したいとかじゃないよ。ぶん殴りたいくらいはなるかも知れないけど。ただ、その後警察に突き出すとしても、俺たちが真相を暴いて、俺たちしか知らない状態で、本当に何があったか、どうしてやったか問い詰めたい、みたいな気に、あの……」

言っていて恥ずかしくなってきた。

『なるほど』

「いや、スゲー無理なこと言ってんのはわかるよ？　事件を警察より先とか」

『まあ、難しいだろうね』

「……なんか、悪い」

『いいじゃないか。周りは迷惑だろうけど、僕は好きだよ』

奥城がはっきりと答える。

『そういう、自分に誠実な態度』

もともと火照っていた顔がぼっと熱くなるのを感じた。電話越しでよかった。

奥城に褒められたのは初めてな気がして、どう返したらいいんだか正直困る。

自分に誠実。自分。まあ、そうかも知れない。

「結局、殉っていうか、自分に囚われてるんだな、俺」

『と、言うと?』

「あのとき、言うべきことを言えなかった自分、かな。殉がどうとかってより、結局、自分がダメなことの後悔なんだ」

『……言うべきことって?』

「死後の世界、天国なんかなくても、殉が何を遺すとかも関係なく、『ここが天国だよ』って言えればよかった。もうすぐ死ぬのも忘れるくらいに幸せだって思わせてやればよかった」

高村はきっとそうしようとしていた。その高村でさえ叶わなかった。

「俺自身、信じてなかったからな。殉がいなくなるのに天国って」

『狭山くんがいてこそ、だった』

「……そうな……。殉と暮らしてた頃のが、ずーっと続いてくれたら、本当に」

大学入学からの約一年半、阿佐ケ谷《あさがや》駅から徒歩十五分の2Kで俺たちは暮らしていた。

家賃は折半で殉が払える額じゃなきゃならない。二人の合格がわかった二日後に俺の母親と上京してアパートを決めた。建物自体がとんでもなく古い。今思うとよく住んでたなってところだ。

奨学金をもらってはいたが殉は授業以外ほとんどバイトに明け暮れていて、俺は殉が家では少しでも休めるように家事は極力引き受けることにした。

料理を覚えて、節約になるからと弁当を持たせもしたし、自分のバイトのシフトも殉に合わせて入れるようになった。

殉はそんな状況だというのにどこかキリスト教系の団体でボランティアまでしていて、二人きりのオフってのは少なかったのだが、それでもGEOで借りてきた映画を一緒に見たりソウルキャリバーやスプラトゥーンで対戦したり。

弁当を持ってスケッチにも付き合ったし、せっかく東京にいるんだからと気鋭の画家の個展を見に行って、俺には上手いなあ以上の感想が湧かない風景画を殉は食い入るように見つめていた。

夏休みに入ると、バイトの幅が広がるからと言う殉と合宿で免許を取った。

上京してきた高村明日花と二人きりで出かけ、翌朝、多分童貞じゃなくなって帰ってきた殉を俺はまともに見られなかった。

正月にまた帰省して、バレンタインが近づくと一緒に焼いたブラウニーをクール便で高村に送った。進級して、俺も殉も二十歳になって、殉はチューハイを一口飲んだくらいで寝てしまった。

こんな暮らしがいつまでもできるわけがない。もう一年すれば就活が始まるし、上手くルームシェアできる範囲に互いの職場があるかもわからない。殉が地元に帰るかもしれないし、いつか殉は高村と家庭を持つんだろう。それが一番の幸せなんだろう。離れなきゃいけないときは来る、そのときは普通の友達になるから、今のこのモラトリアムを許してほしい。

殉の病気がわかったのが九月、大学を辞めて地元に帰ると告げられたのが一月後。俺の天国は覚悟なんか決める間もなく崩壊してしまった。

俺の天国は殉が健《すこ》やかな世界だ。

殉が病気にならなくて、俺くらい暢気《のんき》に大学生してられるような余裕があって、スマブラやったりゴースト・オブ・ツシマやるのを見てたりジョーカーやパラサイトを見に行ったりできる……そういう世界。それで、高村との交際を素直に祝福できるくらい俺が大人になって、アイツの隣にいられたら完璧だった。

『うらやましいな』

電話口で奥城が零す。

「何が？」

『天国って呼べる世界をそんなリアルに考えられるのが、かな。神様を信じられることと同じくらいね』

殉みたいに優しい声だった。そのことに、俺はどう返せばいいんだかわからなくなる。

この調査のパートナーである彼女のことを俺は全然知らない。あの極端な人生観とか、今の「うらやましい」とか、彼女自身の人生はどんなものだったんだろう。

自分のことを散々語ってきた俺だが、俺から彼女に踏み込むのには少し躊躇《ためら》いがあった。

『奥城の天国はやっぱ煙たいんだろうだな』——そんな軽口を叩こうとしたところで。

『鳴海くん』

「ん」

『僕はこの調査を終えようと思う』

「えっ」

あまりに唐突な宣告に絶句する。まだ何も解いちゃいないじゃないか。死を知りたい、はどうした。

「……何か、事情があんの？」

そう口にするとやはり、俺は奥城を全然知らないんだなと思わされた。

殉のバイト先に行きつけだったなら地元民なんだろうが、だからっていつまでもこんなことしてられないだろう。言われてみれば当然だ。俺だってあと十日もすれば大学の後期が始まる。

『事情というかね、結論が出たから』

「結論？」

『わかったから。全部。君と高村さんに話して、僕は調査を終えるよ』

・・・

来週頭には東京へ戻らなきゃならない、最後にもう一度殉の遺骨に会わせてほしい。そう伝えると高村は快諾した。

約束の、九月二十五日金曜日、まだ朝と言ってもいい時間帯に俺は地元中学の校門前で奥城を待っていた。右手には高村が好きらしい手土産の吟醸酒、左手には新たな住宅案内チラシ、そしてお守りと破魔矢《はまや》の入った袋を下げている。

どちらも母から手渡されたものだ。塚本和穂の死でいよいよあの家への危機感を強めているらしく、高村にも自分が費用を持ってもいいからとしつこく転居やお祓《はら》いなんか勧めていると思う。

マジに人を呪い殺す悪霊がいるならお祓いだの魔除《まよ》けだのでどうにかなるわけないと思う。

それより、現実的な問題として奥城が明かすつもりだという真相のことがある。その中身を、奥城は俺にも話していない。

全部と言っていた。動機だけの話じゃないんだろう。

全てに説明がつくようなものなのか、高村や殉は事件にどう関与しているのかいないのか、納得できるのか、高村はどう反応するのか、俺は彼女に何を思うか——そう思っていたとき。

ポケットの中でスマホが振動する。

奥城かな、と思って確認すると。

『非通知』

そう表示されていた。

番号を知らせず電話をかけられるのは知っているが、自分が受けるのは初めてだ。少し迷って出る。

「はい」

『……や…………こ…………き…………』

「何、え、何ですか？」

　途切れ途切れの声なのか音なのか怪しいそれは、すぐに聞こえなくなった。そこから三十秒以上経っても変化がなく、電話を切る。

　イタズラにしても無言電話より気味が悪いが、あの断片的な声には何か聞き覚えがある気もした。

「鳴海くん」

「うわっ‼」

　電話を切るのとほぼ同時の呼びかけに飛び上がりそうになる。

　奥城灯だ。ちょうど今着いたところらしい。

　スカジャンにショートパンツ、ハンドポケットで咥え煙草。初めて会った日と似た風なスタイルだが、大きめのボディバッグも下げている。

「おどろきすぎじゃない。電話いいの？」

「ああ、まあ」

「そう。……ここで出会ったわけだ。君と狭山くんは」

　ぷかあ、と煙を吐くと、校舎を見やって言う。葦原東中学、俺と殉の母校だった。

「そういえば具体的な馴《な》れ初《そ》めなんかは聞いてなかったね。聞いてもいい？」

　俺に断る理由はない。もともとそのためにこうして待ち合わせているのだ。

高村の家を訪ねるのは今日の午後六時だ。彼女は今日から職場復帰ということで、仕事を終えて帰宅するのがそれくらいと本人から聞き、そのタイミングで訪ねることにした。

『なら当日はそれまで、僕に狭山くんとのことを話してくれない？　狭山くんと過ごした場所でも巡りながらさ』

時間の件をＬＩＮＥで連絡すると、そんな不可解な返事があった。

『もしかしたらね、僕の考える動機が間違っているかもしれない。彼のことを聞きながら、確信が得たいんだ。それに――』

『それに？』

『鳴海くんだって狭山くんとのことを思い出すうち、真相に気づくかもしれない。僕から聞くよりも自分で気づく方がよくないかな？　君が解いたら、君の口から言いなよ』

そこまで言われては乗らないわけにいかなかった。そうだ。アイツにわかって俺にわからないわけがない。

「後ろから蹴り入れたんだけど、相手はデカくてさ。よろめいただけで転ばねえし反撃してくんの。俺は空手やってたっつっても小五までだし、普通にボコされたけど、殉が庇《かば》ってた奴が逃げて、教師呼んできて。保健室で消毒薬塗られながら、殉に友達になろうって言われて、そこからかな」

そばのバス停のベンチに腰掛けて、スマホのアルバムで当時の写真を見返しながら、隣で黙って煙草をふかす奥城に殉との馴れ初めを語って聞かせる。

出会った当時の写真で一番古いのはあの陵台ビルで撮ったものだ。

イキった中学生って感じの奴らが並んでるところから少し離れて殉がぽつんと佇む。心霊写真を期待して撮ったものだが当然何も写っていない。

そのあたりの話をしながら俺たちはやってきたバスに乗り、向かった先はヤドリギの家だ。

施設長と会って話を聞く約束をしていた。

施設長は七十歳くらいの白髪をひっつめにした女性で、施設に遊びに来たときに一度か二度話したくらいの相手だが、「殉のことを聞きたい」はここでも抜群の効力を発揮してしまう。

葬儀のとき以来、五日ぶりに施設を訪れる。平日の昼過ぎ、まだ学校のある時間だが、それでも年少組の子どもたちの声でそれなりに騒がしかった。

応接室のソファに品よく腰掛けて、彼女は殉の思い出話をしてくれた。

施設を出て、東京から帰ってきた後も殉はよく遊びに来ていたらしい。病気のことは子どもたちには秘密で、施設にいた頃と変わらないようにみんなの相手をしていたという。

「殉くん、前は明日花ちゃんと毎週みたいに来てくれてたんだけど、八月の……半ばくらいからかしら。来なくなったのよね。病気が悪くなったのか……って思ってたら、ねえ」

でもある意味あの子らしい死に方だった、そう続けて目を拭《ぬぐ》う。母やこの人が真相を知る日が来ると思うと、殉の偽装工作が正しかったと思ってしまいそうだ。

そして、また見逃せない情報があった。母の言う殉が憔悴《しょうすい》していた時期と、施設に来なくなる時期が同じ。

やはり何かあったんじゃないか、と思う。

事件に関して何かが起きた？　高村の関与を知った？　それくらいはぱっと思い浮かぶ。しかしそこから真相と思えるところに行き着くには、やはりまだピースが足りない。

奥城は本当に解けたというのか。

「……クッキーやブラウニーを焼いてきてくれたり、行事のたびにお手伝いしてくれたり、子どもたちに似顔絵描いてくれたの、ほら、えーっと、これ」

施設長はタブレットを操作し、壁に貼《は》られた似顔絵の写真を見せてくれる。たしかに殉の筆致だ。単純に下手なだけなんだろうが、不器用な描線に内なる苦しみが滲《にじ》んでいたんじゃないかとか馬鹿なことを思う。

「そういえばアイツ、指導員とか目指さなかったの、何ででしょうね」

殉は大学では経営学部だった。高校の頃に志望を聞いたときは、「教育とかじゃないんだ」と思ったものだ。

経営側で携わる道もあるとはいえ、現場で、自分に似た境遇の子どもたちを甲斐甲斐《かいがい》しく世話する殉、というのが一番似合っているように思えて。

「あらぁ、殉くんみたいな子はダメよ」

俺の描いたビジョンは施設長によってばっさり切り捨てられる。

「そう、なんですか?」

「そうよぉ。怒れないもの、あの子は。優しいし守ってくれるし褒めてくれるけど、それだけじゃダメなの。だから、時々遊んでくれるならいいけど一緒に暮らして子どもたちに責任負わなきゃいけない立場にはね、向かない人」

そんな風に言われると、俺もたしかにと思ってしまう。

学校生活で度々出くわすひどい悪意に対しても、殉は被害者を守ろうとはしても加害者に怒りを燃やしてはいなかった。

帰る前に施設長から子どもたちと遊んでいかないかと言われ、応じることにした。それはいいのだが、おどろかされたのは奥城だ。

施設長の前でも借りてきた猫みたいに大人しくしていた彼女は。

「ともりちゃん、ボール投げて」

「うん！　いーよぉ、はいっ！」

満面の笑みの奥城が黄色いボールを女の子に投げてやる。女の子が取って投げ返すのを見て「じょーず、じょーず」と手を叩いた。

……え、誰……と思うくらい、そのときの奥城は別人だった。

その子に対してだけじゃなく、他の子にもぎょっとするほど愛想《あいそう》よく、嘘臭いほどハイテンションで接していた。あんなに表情豊かだったの。

奥城は子どもたちから大人気で、流すみたいに適当に相手をしていた俺は真面目にやれと乱暴な子どもに脛《すね》を蹴られた。

「お腹《なか》減ったね！　お昼どこで食べる？　狭山くんとの思い出の店とかない？」

「…………」

実は子どもが大好きだったりするんだろうかと思ったが、施設を後にしてからも奥城の変なテンションは続いている。唯一普段通りなのは煙草だけだ。

「何、酔ってんの？」

「んーん、お酒は全然！　ちょっと飲んだだけでフラフラするから」

「じゃあ、何……そのキャラ」

「鳴海くんと歩くのが楽しいだけ、じゃダメ？」

ダメっていうか気色悪い……という言葉を呑み込んで「思い出の店」へ向かう。

そこはラーメン屋だった。高校の頃に殉とよく——施設でもらえる小遣いは高校生でも千円とからしいのでせいぜい三ヵ月に一度だが——通っていた。殺された佐々村康平もどうやら好きだったらしい店だ。

煮干しの匂いが漂う店内はサラリーマンらしき客層でそこそこに混《こ》んでいた。

二年半ぶりに座ったカウンター、運ばれてきたラーメンにああ、これこれ、と懐《なつ》かしくなる。

殉のことを思い出しながら隣の奥城をちらりと見ると、彼女は一口啜るごとに味変用の七味と高菜をドバドバぶち込んでいき、淡麗系の澄んだスープはあっという間に赤く染まっていた。

俺より早く食い終わると「ごちそうさま、美味《おい》しかったです」と店主に告げるが向こうはあまりうれしそうではなかった。

市内唯一の小さな美術館を三十分ほどで回り終えるとゲーセンに向かう。殉はずっとメダルゲームばかりやっていたが、奥城はあれやろう、と格ゲーの筐体《きょうたい》を指す。お互いやったことがあるストV。

俺がザンギエフ、奥城がリュウでプレイを始める。多分同じくらいの腕前だった。三戦目、俺の投げに昇龍拳を合わされ、起き上がりからの投げを食らって負けた。

「どう？　鳴海くん。強いだろ？」

「あ、うん……」

筐体からひょっこりと顔を出してわかりやすいドヤ顔で見下ろしてくる奥城に、俺は悔《くや》しいとかより何だこいつという気持ちで頭がいっぱいだった。


午後三時過ぎ、俺たちは喫茶ニルヴァーナに入店した。殉と来たことはないし、思い出の場所というにはあまりにも苦み走っているが、これからすること、俺たちの関係を思えばふさわしい場所にはちがいない。

あのときと同じ窓際の席で一人、殉が身投げした川をぼんやり見下ろす。あの日の殉の胸中、ずっと求めてきたものに思いを馳《は》せる気に、今はならなかった。

手洗いに行っていた奥城が戻ってきて俺の隣にまた座る。もらってきた灰皿をテーブルに置き、煙草に火を点ける。

「ごめんね、鳴海くん」

「えっ？」

奥城が唐突に謝ってきた。こいつに謝られたのは今が初めてな気がする。

「何がごめん？」

「『僕と行動してれば謎が解けるかも』って話。あれは完全に適当に言っただけ。多分関係ないと思うし、自分の推理が間違ってるかもなんて不安も特にないよ」

普段通りのトーンで奥城は白状する。

「……ああ、そう」

イラッとはしたが、怒りよりもそりゃそうだ、という気持ちが強かった。俺自身、今日は途中から別なことを考えていた。

「本当は何のためにこんなことしたんだ？」

「一種の聖地巡礼かな。狭山くんと君の天国を歩き回って、少しは天国を共有できるかも、自分も天国にいるような心地になれるかもって、ね」

「……なれたのか？」

奥城は首を横に振る。言うまでもない、という感じだ。

「つらいときこそ笑え、みたいに言うじゃない。いかにも人生を満喫してるような、天国にいるような感じに振る舞ってみれば気持ちもついてくるんじゃやって思ったけど、形から入ってもダメなタイプらしいね、僕は」

「俺は今の方がマシかな」

陰キャが陽キャのマネをしても陽キャの幸せは手に入らないと思う。俺は四月に挑戦して失敗した。

じゃあ彼女はどうすればいいのか、俺にはわからない。

『いつか死ぬのに生きてる意味なんかあるのか」って思ったことある？　僕はずっと思ってるよ』

『うらやましいな。天国って呼べる世界をそんなリアルに考えられるのが』

治療薬が欲しいとはそういうことだろうか。いずれ終わる、永遠じゃない自分の世界をそれでも天国だと思いたい。

でも、そこまで思い詰めてしまう人間が、いずれ終わりに直面するとき、その治療薬は本当に効くのか。末期癌の痛みにはモルヒネも効かなくなるって話だ。

そう思って彼女に目をやったとき、煙草が目に留まった。奥城と不可分に思えるが、彼女の世界での煙草の位置付けを俺は知らない。

「煙草って何が美味いん？　匂い？」

煙草を吸わない人がみんな思ってそうなことを、俺は尋ねる。

「匂いや味もあるけど、一番は、体に悪いところかな？」

「は？」

「ほら、命が削れていくみたいに見えない？　立ち上る煙も、崩れ落ちる灰も」

「いや、別に」

自傷行為の一種だろうか。味や香りを楽しんでるならまだしも、生きることに前向きじゃない人間が、そういう行為に耽《ふけ》るのは、よくないんじゃないかと思った。

だけど、そんな言葉を煙と共に吐き出す奥城の横顔、煙草を持つ手付きは凄く綺麗で、いつも持っていられるギリギリまで吸い尽くす彼女は、口ではどう言おうと喫煙に愛着を持っているらしかった。

少し間があって、やや迷いながら口を開く。

話の取っ掛かりにするつもりだったかもしれないし、本当にただそれだけで終わったかもしれない。自分でもよくわからないまま、俺は言おうとしたのだ。

『一本もらっていいか?』と。

実際に発することはなかった。

奥城が倒れたからだ。

椅子からぐらりと崩れ落ちて、派手な音を立て、床にもんどり打って転がる。

「おい!」

すぐさま立ち上がり、倒れた彼女のそばに寄る。肩から落ちたみたいで、多分頭は打っていない。

「う、……ん」

「大丈夫か?」

「ああ、まあ」

自分で体を起こすことも受け答えもはっきりできていて少し安堵するが、改めて間近で見ると、奥城はえらく顔が赤かった。高熱でも出ているみたいだ。一度立とうとして、またぺたりと座り込んでしまう。

「立たなくていい。救急車呼ぶか？」

「そこまでのことじゃないよ、多分」

「憶測で言うなよ。病院は行かなきゃ」

ちょうど店員がやってきて大丈夫ですかと聞かれる。どうしようかと思っていると、奥城が短く呻《うめ》いた。

「どうした？」

「お腹……」

「痛い？」

「熱、焼け……っ」

奥城は脇腹を押さえていた手でインナーの裾《すそ》を摑むと、みぞおちあたりまで捲りあげる。

そこにあるものを見て一瞬思考がフリーズする。

手。

奥城の両脇腹からへそのあたりまで、人間の手形が二つ、皮膚に赤く浮かび上がっていた。

何となくそれっぽいなんてレベルじゃない、誰が見ても手形だ。右側から右手、左から左手――ぺったりと痩《や》せた腹部を女性的なフォルムの手の痕が包み込んでいる。

「何だよこれ……」

「わからない……急に寒気がして、体が震えて、お腹の、そこだけ焼けるみたいに熱くなって」

「………」

奥城の体調はすぐには回復せず、俺は肩を貸してビルの外の通りへ出るとタクシーを拾う。行き先は市民病院だ。付いて行こうかと言ったが断られた。

当然、高村宅での推理の披露は諦めざるを得ない。

「すまないね、鳴海くん。本当に……」シートにもたれかかった奥城が言う。今日のこいつはえらくしおらしい。

「いいよ、高村さんには言っとくから。推理はまあ、最悪電話で聞く」

ドアが閉まり、タクシーは走り出す。見えなくなるまで遠ざかっても、俺はしばらくその場に突っ立っていた。

あの奇妙な手形が、目に焼き付いて離れない。

内出血か腫《は》れているのか医学的なところはわからないが、あの形になることなんてあり得るのか。思い切り素肌を叩かれてもあそこまでくっきりとはならないだろう。

じゃあ何だ。何なんだあれは。

店に戻って考えていると、またスマホが震える。嫌な予感がした。ディスプレイには予想通りの文字が表示されていた。

『非通知』

今度は、一度目よりも出るのに時間がかかったと思う。

まず聞こえてきたのはやはりノイズだ。そして、声が聞こえてくる。やはり途切れがちだが、今度ははっきりと言葉として聞き取れた。

これが誰の声かもわかるくらいに。

殉の声だ。

『浩弥……浩弥……来て……家……僕の家……待ってる』

・・・

ずっと落ち着かない気分だった。

奥城が病院へ向かってから二時間近く、事件や奥城と出会ってからの数日間の出来事を一人で考え、それでも何度も時計を見て、約束の時間が近づくと店を出て高村宅へ向かう。

移動中、胸騒ぎと、間違いなく何か起きるという確信に支配されていた。

俺が高村宅に着いて十分ほどで愛車に乗った彼女が帰宅する。一応、奥城が体調不良で来られなくなったことはＬＩＮＥで連絡してある。

仕事帰りの彼女はビジネスバッグと一緒に買い物袋を下げていた。酒瓶《さかびん》やツマミらしき物が透けて見える。飲み会をするつもりだったようだ。

持ってきた吟醸酒と、もう一方の、母からの荷物も一応手渡す。

「お母さんには悪いけど……お酒じゃない方は、いいかな」

彼女はそう言って苦笑し、俺を家に招き入れる。浩弥くんなら安心だよね、と。

高村の後ろについてリビングダイニングへと移動する。暖簾《のれん》をくぐるなり高村が足を止め、両手の荷物を床に落とした。

「何これ」

目の前に異常な光景が広がっていた。

冷蔵庫の扉が開け放たれ、床に惣菜のパックや中身が散乱している。テーブルやキッチンも同じだった。動物か何かが食い荒らしたみたいな雰囲気だが、食い物以外のキッチン周りは荒らされた形跡が見当たらなかった。

「……泥棒？」

家に侵入して食い物を漁る泥棒というのも間抜けな感じだが、一番現実的な解釈はそれだろう。

「ドアは……鍵、かかってましたよね」

「うん……窓とか閉め忘れてた、かな？」

どこかに潜んでいる可能性はある。高村を後ろ手に庇いながら、侵入経路を確認しに行く。そこでまた、一つの異常を見つける。

リビングの、庭に面した大きな窓ガラスにいくつもの手形がついていた。水みたいに透明な液体が垂れていて、濡れた掌《てのひら》を押し付けたら多分こうなるだろう、という。

頭に浮かぶのは、腹に浮かんだあの手形。

「奥城」

「灯ちゃんが、どうしたの？」

「え……ああ、あ」

俺が思わず漏らした名前に高村が反応する。もう何でもないですとごまかせそうにはない。迷ったが、俺は説明することにした。

奥城が来られなくなった理由、彼女に起きた異変について。

「そう……そう、なんだ」

写真なども撮っていないんじゃ無理がある話だろうと思ったが、高村は俺の言うことを疑ってはいないようだった。顔が上気し、上着の裾をぎゅっと握り締めている。

窓はしっかりと施錠されていたし、風呂場やトイレの窓、裏口を確認しても侵入されたような形跡はどこにもない。

そして。

ダンッ……ダンッ……

頭上から聞こえる奇妙な音に揃《そろ》って天井を見上げる。木を強く叩いたような音が連続して響き渡る。

「俺、見てきます……」

「私も……行く」

潜んでいるのが不審者だった時のために武器として右手にクイックルワイパーの本体、左手に防犯スプレーというスタイルで階段を登る。その間も音は聞こえ続けていた。

最初は二階から音がすると思ったが、途中でさらに上からなのに気づいた。二階よりも上──つまり。

一番手前、殉の部屋のドアを開ける。目に見える異変はない、前に来た時と特に変わらない様子。

少しちがうのは、柑橘系の香りがうっすら漂っていること。

「音、やみましたね……」

「うん」

ちょうど俺たちが階段を昇りきるのと入れ替わるように、二階は静かになっていた。

黙って押し入れに目をやると、高村も無言のまま頷く。確認すべき場所は一つだ。

「あ、私……私が開ける。浩弥くん、ちょっと、離れて」

高村がそう言って俺の前に出ると、モップの柄《え》の先を取っ手に引っ掛ける形でゆっくりと戸を開ける。

柑橘系の香りがいっそう濃く漂った。

匂い以外はそこもあの日と変わらなかった。積まれた布団と収納ケース。天井部分の出入り口も閉じられている。

押し入れを開けると、彼女はそのまま、俺が制止するより先に上の段へ上がる。出入り口の蓋に手をかける。

小さく息を吸っては吐く。えらく緊張しているように見えた。

「やっぱ俺、見ましょうか」

「………うん、平気」

また何度か息を吐いて、全身を強張らせた様子で、彼女は蓋を押し上げ、上半身を突っ込んだ。

「大丈夫ですか」

「いない……………見えない」

顔を出した彼女は胸に手を当て、大きく息を吐くとすぐにそこから降りた。

俺たちはそのまま、もう一方の出入り口がある高村の部屋へと移動したのだが、そちらでは下と同じく、目に見える異変が起きていた。

ドアを開けた瞬間に気づくのは床に残った足跡だ。泥みたいな茶色く粘《ねば》ついたもので、裸足《はだし》の足跡がベタベタと絨毯に残っている。

殉の部屋では締め切られていた窓がここでは大きく開いていて、足跡はその下から続き、クローゼットのすぐ手前で途切れている。

そっちも扉が全開だった。いかにも窓から侵入してここへ入りましたよと言わんばかりに。

だが、この部屋の窓は地面から五、六メートルはある。窓から見下ろしてみても下の地面や壁に泥の足跡は見当たらない。

しかも錠は内側から開けた形だった。ツマミの部分が濡れている。あの窓に残った手形のように。

そして、この泥の足跡には……右足の方しかない。

一階の窓の手形には左右両方揃っていた。それが何を意味するのか。

最初に殺された谷川瑞希は両手首、三番目の八千草恵は右足首を切断されていた——頭の中で結びついてしまう。

押し入れにも屋根裏にも、やはり何かがいるような感じではない。

高村は殉の骨壺をじっと見つめている。怯えているとかとも何かちがう感じだった。

「破魔矢……取ってきます？」

「や……いい、いいよっ！　大丈夫だから！」

高村は慌てたように俺の言葉を拒絶する。

しばらく部屋にいたがそれ以上の異変は発生せず、俺達はとりあえず下へ降りることにした。

リビングに戻り、とりあえず散らばった食い物を片付けようかと提案した時。

「あ」

高村が上着のポケットからスマホを取り出す。

着信があったらしく、振動音を発している。

そのディスプレイを覗き込んで彼女は固まった。

「どうしました？」

「これ」

『非通知』――ディスプレイにはそう表示されている。
スマホはずっと振動を続け、高村が恐る恐る、応答ボタンをタップする。
すぐに、電話口からの声が聞こえてきた。
『あー……あーちゃん……』
殉。
殉の声だった。
「殉くんっ⁉」
高村にも聞こえている。紛れもなく殉だ。彼女が聞き間違うわけがない。
『あーちゃん……ぼく……ごめ……しんで……』
「殉くんっ‼　殉くんなの⁉」
『い……て……生き、て……げん、きで……』
殉の声は途切れ途切れにメッセージを伝えてくる。
『また……あえる……から……それ……まで……がんば……って』
「殉くん」
それを最後に、電話が切れる。
高村が何度も名前を呼んだがその場に響くだけで、またかかってくることもなかった。
数十秒、沈黙を挟んで、高村が全身を震わせる。

「あ、ああ……うぅ……ふ、う……あああ」

スマホを両手で握り締め、高村は泣き崩れた。

殉が川に消えた日の警察署での姿と同じ。

だけど。

突然顔を上げ、高村は叫んだ。

「殉くん、いたあっ!!　いたんだ!!」

涙を溢れさせながら、表情はあまりにも明るい。目も口も、本当に心の底からの喜びに満ちている。

「高村さん」

「あったよ、あった!　ホントはあったんだよ!!　殉くん、消えてない!!　いるんだ!!　聞いたよね!?　浩弥くんも!!　殉くんだったよね!?」

「そう……ですね……」

「よかったぁ……よかった……浩弥くん……ねえ」

茶のレザーが覆う手で、俺の、最愛の人間を共有する相手の手をぎゅっと握る。

その救いを、幸せを俺にも分け与えようとする。

何も言えない俺の前で、高村は大粒の涙を流し続けた。

しばらく経ち、高村は落ち着くとリビングのソファに座ってぽつぽつと話し始めた。

「私たちを巻き込んで死のうとした親も、あの人たちが信じてたものもずっと憎かった。死後の世界なんてない……そんなものを信じるから私も殉くんも死にかけたって、受け入れちゃいけないって……」

高村の言葉が途切れ、大きく洟を啜るとまた続ける。

「でも、怖くて怖くてたまらなかった……死んだら、殉くんはもういない。遺してくれたものがあるなんて嘘。消えちゃうの。何も、届かない……そうなるのを止められない……だから、だから」

本当はずっと願っていたと吐露する。死後の世界が存在することを。

殉の魂はいる。自分に語りかけてくれた。殉といつか再会できる——それに心底救われた。

これ以上ない治療薬。救い。

こんなに幸せそうな人間を俺は見たことがない。

高村明日花は天国にいる。

「浩弥くん……？」

涙と鼻水でぐしゃぐしゃの顔で、高村が俺の方を覗き込む。

「泣いていいんだよ、浩弥くんも」

「そう、そう、ですね……」

たしかに泣けたらよかったんだと思う。

俺も彼女のように涙を流して喜びたい。温かい、心地いい涙なんだろう。だけど、涙腺が緩む気配は全くなかった。

殉の葬式のときに似ていた。

疎外感。

皆が涙する美しい物語が、嘘っぱちだと俺は知っている。


窓を拭き、散らばった食い物を一緒に片付けると、そのまま飲み会をする気満々だったらしい高村の誘いを断り、俺は殉の家を後にした。

途中、一人で入った鳥貴族でハイボールを流し込みながら奥城にメッセージを送る。

『体調、大丈夫か？』『回復したら会おう。色々話したい』

すぐに既読がつき、返信があった。

『もうすっかり平気。あの手形も消えちゃったよ』

向こうもその気だったようで、翌日の午後三時、喫茶ニルヴァーナで会おうということになった。

俺はそのまま、記憶のおぼろげな状態で帰宅する。二十二時とかそれくらいだったと思う。妹によると帰るなりまっすぐ自分の部屋に向かったらしい。

目覚めた時のことははっきり憶えている。

ポケットのスマホが短く震えて、俺は目を覚ました。

午前八時過ぎ、とディスプレイに表示されている。

振動は、アラームをセットしていたわけじゃない。ＬＩＮＥにメッセージが来たという通知。奥城からだ。

今日会う件についてだろう、二日酔いの頭で確認する。

『ごめん、鳴海くんには会えない。』

「え？」

その一言から始まるメッセージは恐ろしいくらいの長文だった。

普通なら読む気が失《う》せそうだが、俺がそのまま読み進めたのは並々ならぬ予感がしたからだ。俺がこの日彼女と会って聞こうとしていた情報はそれだけ重大なはずだったからだ。

しかし実際にそこに書かれていたのは、俺の想像を遥《はる》かに絶する内容の連続だった。

中盤あたりまで読んだところで、ポンッと音を立てて奥城から新たな投稿があった。

画像らしい。メッセージは途中だったが、一気に最下段までスクロールしてそれを確認する。

「…………は？」

写っているのは、見覚えのある部屋だった。白を基調とした色合いで、壁際には枕の二つ並んだダブルベッド。もう反対の壁にはテレビにデスク、システムラック。

当然何の、誰の部屋だかすぐにわかる。この数日で二度訪れたのだ。

その部屋の、昨日は泥の足跡で汚れていた絨毯の上に――

俺はすぐさま家を飛び出した。

自転車を全力で漕《こ》ぎ、目的地へ急ぐ。

目的地、高村宅へ到着すると自転車を停めることすらせず、玄関へと駆け込んだ。

車はある。家にいる。いてくれ。いや――

インターホンを何度も連打。返事がない。

鍵のかかっていないドアを躊躇《ちゅうちょ》なく開け放ち、中に飛び込む。不法侵入なんて全く頭をよぎらなかった。

「高村さんっ！　いますか⁉　高村さんっ‼」

静まり返った家の中に俺の声だけが響く。いよいよ現実味を帯びてきて、今度は躊躇いが生まれた。

確認するのが怖い。それでもしないわけにはいかず、激しくなる鼓動を感じながら、俺は二階へとあがる。

殉の部屋の前を素通り――踏み込んだのは一番奥の、高村の部屋だった。

「高……」

ドアを開けた瞬間、むわりと嫌な臭いに襲われる。

排泄物《はいせつ》の臭い。画像にはなかった情報だ。

そして、目には画像そのままの光景が飛び込んできた。

まだ泥の跡が残る絨毯に、女が倒れている。

部屋着と思しきゆったりした服装だが臀部が不自然に膨らみ、投げ出された両手は服と釣り合わない茶の革手袋で覆われていた。

彼女が誰かは言うまでもない。この場所と手袋、おおよその体格もこの部屋の主そのまま。

ただし、断言はできなかった。

首がないから。

出血は傷口回りを多少汚す程度で、骨や筋肉の断面を晒して、彼女は死んでいた。

画像の直後に二つの投稿があって、奥城のメッセージは終わっていた。

『僕が一連の殺人事件、そしてついさっき高村さんを殺した犯人だ。』

『さようなら、鳴海くん。』

四章

誰もが望みながら永遠を信じない

正直に言うと僕は最初から君との約束を守る気なんかなかった。僕は死ぬまで君の前に現れない。

許してくれなんて言わない。好きなだけ僕を呪ってよ。

その代わりと言ってはなんだけど、僕のした全てを明かそうと思う。

まずは僕の生い立ちから話していくよ。

二〇〇一年七月二日に僕は生まれた。場所は都内の大学病院の産婦人科。体重二千七百八十グラムの健康体で、「命の火を灯《とも》す」というイメージから「灯」と名付けたとかなんとか。

退院した日、ママが僕を抱いて真っ先に向かったのは実家の教会。

昭和の初めにプロテスタントの牧師だったひいお祖父《じい》ちゃんが建てたのが始まりで、お祖父ちゃんもママも、お兄ちゃんもお姉ちゃんも、僕の家に生まれた子どもは生後なるべく早いうちに洗礼を受けるのが習わしだった。

だから僕も、自分では何もわからないうちに白いガウンを着せられ、お祖父ちゃんに頭から水を掛けられ、福音書の一節を読み上げられてキリスト教徒になった。

その様子はホームビデオに録《と》られていて、僕が小学校に上がる直前くらいに家族の前で上映された。赤ちゃんだった当時の記憶はないけど、親を勝手だなんて思わなかったし、自分の周囲の環境に疑問を持たなかった。素直な子どもだったんだ、この頃は。

どの子にも両親やお祖父ちゃんお祖母《ばあ》ちゃんがいることの延長で、神様の存在と、神様の教えに従って生きることを受け入れていた。

多分世間一般と比べても、ウチは特に問題のある家庭じゃなかったと思う。教会に訪れる信者の家族はもちろん、そうでない家の子ともごく普通に遊んでいたし、キリスト教にまつわる行事はいくつかあったけど、他の子に比べて何かをひどく制限されたような覚えもない。

現代的な、ごく模範的な信仰生活を送る家族だったんだろう。

神様は僕たちを見守ってくれているし、悪いことをせず人に優しくして生きていれば幸せになれるし天国に行ける——そう信じられたんだ。

僕の信仰にヒビが入ったのは、小学校四年のときのことだった。

教会の牧師であるお祖父ちゃんに末期癌が見つかって、一ヵ月後には入院、そしてすぐ寝たきりになった。

僕はお祖父ちゃんが大好きだった。誰にでも優しくて、物知りで、聖書のエピソードを嚙み砕いて聞かせてくれた。

お見舞いに行くたび痩せて顔色が悪くなっていく様子は病状を説明されなくても死んじ

ゃうんだなと思わせたし、怖くて悲しかったけど、それでもお祖父ちゃんは神様のところへ行くんだとパパやママに言われていた。

お祖父ちゃんも「怖くないよ」と僕の頭を撫でながら言ってくれた。

ある日、お祖父ちゃんをおどろかせたくて、当時大学生のお兄ちゃんに頼んでお見舞いに連れて行ってもらった。

突然の訪問をお祖父ちゃんは喜んでくれるはず。昔お祖父ちゃんに教えてもらった聖書のエピソードを、どの大人よりずっとたくさん諳《そら》んじられる。今度は自分がお祖父ちゃんを喜ばせて、安心させてあげるんだ、そう思っていた。

ワクワクしながら、病院の廊下をお兄ちゃんと歩く。

病室のすぐ手前まで来ると、中からお祖父ちゃんの声がした。それだけで僕はうれしい気持ちになって、でもすぐに何だか様子がちがうことに気づく。

「先生……俺、もう、もう死ぬのか？」

「死にたくない……死にたくない……」

「死んだらおしまいだ……神なんていねえ……！　助けて、助けてくれえ……」

お祖父ちゃんが泣きながら訴えているのが聞こえてきた。

お医者さんは謝るだけ、お祖父ちゃんは「死にたくない」の一点張り。

どうにもならない、だけど心底怖くてたまらない、どうにかしてほしい、その感情がドア越しの声だけで伝わってきた。

少し経って、先生と看護師さんが病室から出てくる。僕らに気づくと気まずそうにお辞儀をして、お兄ちゃんは小声で僕に「帰ろう」と言った。

帰り道、お兄ちゃんに「神様はいないの？」と何度も聞いたけど、お兄ちゃんはずっと黙っていて、最後に一言だけ、「わからない」と答えてくれた。

考えてみれば、神様がいる証拠なんてあるのだろうか。何ら裏付けのないものをどうして信じてきたんだろう。

家のパソコンで検索すると神は存在しないとはっきり明言して、その後は宗教が如何《いか》に時代錯誤で現実逃避に過ぎないものかと力説するようなページがいくつも出てきた。

学校で先生に聞くと、「奥城さんの気持ち次第」と返ってくる。気持ち次第じゃない。僕の気持ちに関係なくいてくれないと困るんだ。

いると教わったから、以外に神様を信じる根拠が何もないことに、キリスト教徒を十年やっていて初めて気づいた。

お見舞いに行った日から一週間もせず、結局その後は一度も会わないままに、お祖父ちゃんは容態が急変して死んでしまった。

葬儀ではパパが聖書を朗読し、お祖父ちゃんに皆がパンとぶどう酒を捧げて、死後の復活と来世での永遠の安息を祈った。

復活？　来世？　そんなものあるってどうして思えるの？

二千年前のイエスの奇跡を一体誰が確認したの？　誰が神様の声を聞いたっていうの？

誰もが死者のために祈る場が、僕には急に寒々しく見えた。


「みんな、死んだらどうなると思う？」

小学校のクラスで皆に聞いて回った。キリスト教徒の子は同じクラスにはいなかったけど、天国地獄とか生まれ変わりとかをぼんやり信じている子もいれば、「何もない。死んだら終わり」と答える子もいた。

死後の世界があると答えた子には根拠は何なのかと聞いた。親が言っていたと答えたら親が言うことは常に正しいのか、サンタクロースはいないじゃないかと返したし、心霊現象なんかを挙げたときにはあの手のものが捏造《ねつぞう》やカメラなど機械の不具合、脳のエラーで説明できると、ネットから引っ張ってきた記事で反論した。

じゃあ、「死んだら終わり」派には君たちが正しいと称賛するのかと言えば、そんな子には僕が一番聞きたいことを尋ねるのだ。

「怖くないの？」「死んだら全部終わりなら何をしても無駄なのにどういうつもりで生きてるの？」と。

本当に、当時の僕は意地悪をしたかったわけじゃないんだ。本当に知りたかった。教えてほしかったんだ。僕はどうすればいいのか。

当然、僕は嫌われた。消しゴムがなくなったり靴を隠されたり、それくらいのものだけど、イジメにも遭った。

そのうち、僕はこの意地悪な質問をやめた。自分のしていることはどうやら不毛で、無駄に嫌われるだけらしいことに気づいたから。

五年生に上がると周りの子もまた喋ってくれるようになったけど、それでも前みたいに仲良しの子というのはできなかった。

その頃は思春期の入り口で、「大人になること」を意識し始める年代だった。将来何になりたい、みたいな話も現実味を帯びてきて、クラスには付き合い出すような子も出てきた。

お祖父ちゃんの叫びを聞いて以来、僕にとって「将来」を考えることは死を考えることと不可分だった。大人になる先には老いがあって、その先には死がある。

子どもを作れるようになるのを保健の先生は幸せなことだと言うけど、どれだけたくさんの子どもや孫ができてもその子たちより先に自分は死んでしまうし、その子たちもいつか必ず死んでしまう。

いつか必ず壊れるものを積み上げることに、どうやったら前向きになれるんだろう。みんな自分が死ぬことにどう折り合いをつけているんだろう。

誰も答えはくれなくて、僕は無為なままに成長していった。

いや、無為で当たり前なんだ。有為なことなんてないのだから。

きっと僕は、何となく生きていくんだろう。建設的じゃない、その場その場の刹那《せつな》的な娯楽を消費して、年を重ねて、そのまま消えてなくなる。それしかないんだろう、と。

病気が見つかったのは、中学二年の夏のことだった。

自覚症状もない。だけど現代の医学では取り除けない病巣が僕の脳の中に生まれていて、それは数年かけて肥大化し、やがては心臓や肺の活動に不可欠な部分までも蝕《むしば》み、命を奪うと。

これまでの症例から見て、僕の寿命は保《も》って六、七年……そう宣告された。

家族は嘆き悲しんだ。ママに抱きしめられながら、僕は一気に「将来」が短縮されたことに、ちょうどいいという気にさえなっていた。

狭山殉くんに初めて会ったのは高校二年の初めのことだ。

ウチの教会が運営しているボランティア団体に参加した大学一年生。清掃活動をした後の集まりで「年も近いし灯ちゃんと仲良くしてあげて」と僕の近くの席に座らされていた。

鳴海くんには言うまでもないだろうけど、彼は自分で学費生活費を稼ぎながら、お菓子や飲み物くらいしか報酬の出ない慈善活動までしている。むしろ自分自身がそういう施しを受ける側だろうに。

「僕も人にいっぱい助けられたから」

屈託のない笑顔で彼は言う。ああいう人を見ると、僕は決して買うことのできない宝石を眺《なが》めるような気持ちになった。鳴海くんにはきっと、わかってもらえると思う。

僕が無為にやり過ごすだけ、もうすぐ立ち去る世界をよくしようと思える人。尊いと思う。そうあれたらいいんだろうと思う。だけど自分とはちがう。

彼はその後も不定期に活動に参加していて、僕はそのたび彼に心で距離を取って、遠巻きに彼の美しさを眺めていた。

彼がもうすぐ死ぬ――と知ったのは、多分君より少し後くらい。大学を辞めて地元に帰る。だからもう活動には参加できない、と伝えられた。

彼が最後に参加したとき、誰もが気まずそうにしている中、彼はいつも通りに誰よりも多くのゴミを拾い集めていて、相変わらずに美しかった。

「殉くんは神様を信じる？」

僕が彼に積極的に関わろうとしたのは、多分そのときが初めてだった。ショーケースの向こう側に手を突っ込んだんだ。彼は少し考えて、困った風に笑いながら答えた。

「灯ちゃんたちみたいには信じてない、かな?」

「僕も信じてないよ」

僕は全てを明かし、彼に問いかけた。

全てを死が押し流してしまうのに、どうすれば何かを積み重ねようなんて思えるの、よくしようなんて思えるの、と。彼自身がその苦しみに襲われてる真っ只中《まただなか》かもしれないのに、自分のことだけを考えて。

彼はやっぱり困った風に笑うと、自分の柔らかい髪をくしゃくしゃと弄った後、スマホの画面を見せてきた。

油絵の画像だった。船の上、大きな魚を抱えた男を描いた絵。

「その絵がすっごい好きなんだけど、描いた人、百年以上前に死んでるんだ」

「うん……」

「灯ちゃんの教会を建てたひいお祖父さんも亡くなってるし、僕の大学を建てた人もそうだし、あの古い感じのビルなんかも、建てた人は死んじゃってるかもね」

この世界の大部分は死者たちの遺した物でできている……彼はそう言った。

「僕が死んでも、僕の好きな人は生きてるし、僕の好きな物はあるじゃない。僕がそれを見れないのは、悲しいけど、でも想像すれば少しは紛れるから……だからね」

この世界に何かを遺したい、と言う。

何かを遺す——ありふれた考えだ。それは何かいいことなんだろうかと思う。遺したものは自分じゃない。受け取った人の反応を自分は見られない。どれだけ世界が尊くても、それを感じ取るのは自分だ。自分自身の死の前では、何の解決にもならないんじゃないか。

僕はこの美しい人が、僕と同じ運命にあって、僕と同じところへ堕《お》ちてくるのをどこか期待していた。なのに現実は、彼は相変わらず美しい言葉を口にしている。

彼が地元に帰った後もよく話したけど、やっぱり同じように、高村さんやヤドリギの家の子たち、それから鳴海くん、自分を取り巻く世界のことばかりを彼は語るのだ。

許せないと思った。

僕が彼を汚し尽くしてやろうと思った。彼の生まれ育った町をめちゃくちゃにして、死の直前に突きつけて、君の言葉のせいでこうなったんだと、絶望のうちに死なせてやろうと。

僕は死を受け入れられない同志たちを集めて、彼を陵辱することに決めた。

・・・

「奥城灯から何か連絡は？」

「……いえ」

「まあ、うん、だろうな」

机を挟んで葛西刑事がため息をつく。

「電話会社に頼んでスマホを探知してもらってるが、君にLINEを送って以降は電源も入れてないとかで」

中央署の取調室、高村明日花の死体発見から一日余りが過ぎていた。

俺が警察に通報するとパーツを掘り出したとき以上の数のパトカーがやってきて、あのときと同じく実況見分の後死体を運び出していった。

死体が運ばれた後も部屋はうっすら血と汚物の臭いが残っていて、俺は柑橘類の匂い漂う殉の部屋で事情聴取を受け、一日経った今日、こうしてまた呼び出されている。

高村明日花の死は今朝の朝刊でも一面で報道された。

被害者の自宅での殺害、首なし死体、自分が犯人だと名乗る十九歳の少女A——これまでに比べてもセンセーショナルな要素が目白押しだ。

死亡推定時刻は発見当日の午前二時プラスマイナス一時間程度。

奥城のメッセージには絞殺であると書かれていて、たしかに死因は窒息と発表されたが、首をほとんど根元から切り落とされているのが一つの問題だった。索条痕や扼痕《やくこん》といった頸部を圧迫した痕跡、顔面の鬱血《うっけつ》など、窒息の原因を判断する材料がない。ミステリーのトリックみたいに、首なし死体が実は高村のものではない、なんて可能性はないようだった。遺体の手袋の下の指紋が、事情聴取のときに警察に採取されたそれと一致したのだ。

肝心の頭部と奥城の行方は今もわかっていない。

奥城は以前に事情聴取を受けた段階で滞在するホテルを伝えていたらしく、すぐに警察が向かったが当然引き払った後だった。

当日の午前七時頃、パンパンに膨《ふく》らんだボストンバッグを抱えた奥城がホテルに戻り、約二時間後、そのバッグと旅行カバンを手にチェックアウトしたのが防犯カメラと従業員の証言で確認された。

一番近い銀行のATMで口座から全額引き落とし、以後の足取りは不明のまま、捜査員が近隣住民や市内のホテル、漫画喫茶などの宿泊施設で奥城の情報を集めているところ……らしい。

「昨日の夕方、奥城のお父さんが東京から来てくれた。奥城が君に送ってきたメッセージ、確認できる限りでは事実だって話だ」

LINEのトーク画面をプリントアウトしたものを見せながら葛西刑事が言う。

短編小説くらい続く彼女の独白、その前半は俺の知らなかった彼女の半生が綴《つづ》られる。

教会に生まれ、無邪気に神を信じていた彼女は祖父の死をきっかけに神を信じなくなった。

殉とも実は交流があった。

そして。

奥城の余命はあと一年前後。

何であんなにも自分の死に切実さを持てるんだろうと思っていた。

死と無関係な人間なんかそりゃいないが、ふとそんな気持ちになるならともかく、ずっと悩み続けるなんてそれこそ死が間近な老人や病人じゃあるまいし、と。

死が間近な病人だったのだ。

そのメッセージの続きは、殉への憎しみから殉の愛する町での連続殺人を企て、実行するに至るまで事細かに記述があり、最後は高村明日花殺害で〆られている。

自分には同じ境遇の同志がいたと奥城は言う。彼女は殉が死んだ翌日まで東京の実家にいたそうで、だから八千草恵までの三件どれも実行は不可能だが、彼らが手を汚してくれたのだ、と。

塚本和穂についても、葛西刑事が前に言っていたように実行役の彼らがエスカレートし、元来のパターンに沿わずに行われたものだという。

しかし当の殉に自分たちの犯行が露見してしまった。本当は殉の寿命までに高村明日花や俺も殺害するはずだったが、その前に絶望したのか殉は自殺してしまった。保管していた遺体のパーツも殉に盗まれ、行方がわからなくなっていた。

奥城が俺に近づいたのも、最終的に俺や高村を殺害するためだった。不本意に警察にマークされている今、計画通りに殺害することは難しいと考え、自分の手で高村明日花を殺害して終わりにする、と書かれている。

「一応な、辻褄は合ってるっちゃ合ってるよ。君らには言ってない、捜査員《俺たち》以外は犯人しか知らないような現場の細かい状況にまで触れられてる」

共犯者の具体的な名前などは一切出てこない。メッセージの内容からすると余命幾ばくもないとわかっている人間なんだろうが、奥城と連絡を取っていた可能性があり、犯行を実行可能な者を絞り込んでいくのはプライバシーの問題もあって時間がかかるだろう、とのことだった。

「こんなの、否定はできないってだけでしょ」

　俺が訴えると、葛西刑事は「まあ」と曖昧に認める。やったという証拠がなくても犯行を行ったことを否定できないだけで犯人なら、そこら中犯人だらけだろう。

「それでも、奥城は事件のクリティカルな情報を君に送ってきたし、少なくとも高村明日花の頭部を切断し持ち去っているのはほぼ間違いない。どっちにせよ、捕まえないわけにはいかないよ」

「そう、ですね……」

　短い沈黙を挟んで、葛西刑事はそうだ、という風に聞いた。

「お母さん、どうしてる？」

「今日は会社休んでますね。体調は大丈夫みたいです」

　昨日警察が来て間もなく母の会社へと連絡が行き、同僚と共に警察署へ駆けつけた母は、高村の遺体を見て卒倒する。

　貧血というだけで目が覚めるとそのまま帰宅したのだが、俺はこれまでのことを全て母親に打ち明けることになる。

「なんて言われた？」

「事情聴取で警察に話したら、もう、奥城のことは忘れろって」

「……そういうことだな、後は警察の仕事だよ。あの家だってこうなったらもう流石に誰も借りないだろ。全部終わりだ、それで」

葛西刑事は至極真っ当なことを言う。奥城を捕まえ、彼女がやったことを暴《あば》き出《だ》し、然《しか》るべき法の裁きを受けさせようとする。

葛西刑事には裏口から帰るように言われた。正面玄関前には大勢のマスコミが屯《たむろ》してい

る。俺の名前は知られていないとしても、俺の容姿は近所の住民に聞き出している可能性

が高い。出ていけば質問責めに遭うだろうと。

裏口のドアを半分開けて葛西刑事がマスコミがいないことを確認し、俺に合図する。何

だか脱走みたいだ。そこに。

「鳴海浩弥だな？」

「え」

背後から聞かれ、振り向いた先にいるのは背の高い警官だった。

五十歳前後で、百八十ある俺をさらに見下ろすほどの長身。

見覚えがあった。あの男だ。喫煙所で話す俺と奥城を睨んでいた男。

「はい」

「奥城灯はどこだ⁉」

男は思いきり威圧的に俺に尋ねる。殺気立っているとさえ言える様子だった。

「八千草さん」

葛西刑事が俺と男の間に体を割り込ませる。

「彼からは話を聞きました。あなたはこの事件の捜査員じゃない」

「私は娘を殺されたんだ。恵を……奥城はどこにいるんだ」

俺に詰め寄る男を葛西刑事が手で制する。

八千草恵の父親。そういうことらしい。

「鳴海と話させろ！　逃げるな！」

「早く帰りな、鳴海くん」

葛西刑事が押さえてくれている間に、俺は裏口から外へ出る。

娘を殺された警察官の父親。『死人に囚われるな』という言葉は、もしかしたら彼を見てのものだったのかもしれない。

あの男が奥城に出くわすのはまずいように見えた。あくまで人権を尊重してくれそうな様子じゃない。

ただ最大の問題は、他の警官に捕まったとしても奥城は自分が殺人犯だと主張し続けるんじゃないかってことだった。あるいは見つからず、一人どこかで野垂れ死ぬか。

どっちにせよそんなことに、残った命を費やしていいわけがない。

天国を羨《うらや》んでたじゃないか、お前。

奥城を見つけなきゃならない。

ここに至っても俺には真相が見えちゃいないが、それでも最優先してアイツと話さなきゃならない。

俺が気づいた断片的な真実だけでも、突きつけなきゃならない。

とはいえ俺が思いつくような場所に来るとも、連絡があるとも思えない。

ひたすら情報を求めて捜し回る他ないか……そんなことを考えながら駐車場へ歩いていると、ポケットのスマホが振動する。

何の通知だろうか——ディスプレイには、LINEへのメッセージが表示されていた。

差出人の名前に目を見開く。

『奥城オリザ：突然のご連絡申《もう》し訳《わけ》ありません。心当たりがなければ無視してください。奥城灯の父です。ご不快でなければ、娘のことでお会いしてお話しさせていただきたく思います。』
・・・
エンジンキーを差し込んで回し、サイドレバーをドライブにしてアクセルを軽く踏む、ごく小さな揺れと共にゆっくりと走り出す……何のことはない、ただAT車を発進させただけだ。

そんなことに緊張してしまうのはこの白のライトバンが実家の車よりやや大型だからとか、レンタカーだからとか、あとはこれから行おうとしていることもあるかもしれない。

後部座席には初老の男性が座っている。

西杉並キリスト教会牧師・奥城オリザ。奥城灯の父親。

彼に会ったのは、連絡をもらって一時間もしない頃、中央署の近くにあるファミレスでだった。名刺に書かれた肩書は、教会の娘だという奥城のバックボーンを裏付ける。スタンドカラーのシャツにスラックス。六十前後に見える白髪に眼鏡の男性で、十字架も聖書もないが聖職者のパブリックイメージっぽい容姿をしている。

俺に名乗るなり娘がご迷惑をおかけした……と丁重に謝られ、その後、出会ってからこれまでの経緯、奥城がどんなことを言っていたか、を俺に尋ねた。

十数分かかって全て話し終え、最後に、俺は彼女を犯人とは思っていないと告げると少しだけうれしそうにする。

「天国を信じられるのがうらやましい……そう言ってたんですか、あの子は……」

「灯さん……が神を信じてないこと、知ってたんです？」

「ええ。表には、出しませんでしたけどね……」

オリザさんは悲しげに言った。

「貴方《あなた》にはずいぶんご迷惑おかけしたみたいで申し訳ありませんが、娘は、優しい子だったんですよ、少なくとも家では」

奥城が家だといい子だというのはそう違和感がなかった。奥城は家族が好きだったんだろう。家族と同じものを信じていたかったんだろう。

「どうすればいいんでしょうね、アイツ」

「わかりません……情けないことに」

神に仕える人間がはっきりと言う。

「神の存在を実証しようとした人は古代から大勢いました。数多くの神の存在証明の理論があります。しかし、科学の世界の仮説のように多くの批判に堪え観察や実験で裏付けられ、これは認めざるを得ない、というモノは私も見たことがありません。奇跡としか言いようのないことが起きない限り、信じない人は信じないでしょう。

私も、灯に信じさせる言葉を持っていない」

信じる者は救われる。信じられないものはどうしようもない。

そして無神論者が得るような慰め、救いの道すら、アイツは自分で塞いでしまっている。

「ただ……」

「……はい」

「私は、神が全ての人に救いを用意されていると信じています。

誰にも許してもらえないだけの罪を犯した人、どうしても神を信じられない人、信じられなくなった人。

そういう人にも、その人なりの道がきっとあります。あるはずだと信じて探し続けたい」

彼の神様観がキリスト教として正しいのかわからない。本当にそういう神様なら罪人が永遠に苦しむ地獄なんて創《つく》るだろうか。

「難しいですね、信じるって」

初めから期待しないことの方がよほど楽だと思う。昔の俺みたいに。

「誰も、太陽が東から昇ると信じてはいません。知っているだけです。疑わしい、でもあってほしいからこそ、信じるんじゃないでしょうか」

「………………」

「鳴海さんは、娘がどうすればいいのかと真剣に悩んでくださってる。悩むのは可能性を期待している、信じているからでしょう。尊いことだと思います。私も妻も、そうありたい。娘が救われる手助けをしたい」

「……はい」

深々とお辞儀するオリザさんに、俺も頭を下げていた。俺も神を信じていない。それでも、こうありたいと思う。そういう世界であってほしいと思う。

俺に天国への道筋はわからないが、今奥城のいる場所から、少しでも天国を目指せる場所へ引き寄せたい。

そう思ったときだった。

顔を上げたオリザさんが、懐かしむ様子で言った。

「狭山くんも……、そういう人でしたね。誰に対しても、力を尽くそうとした」

「…………」

その言葉を俺は初めそのままに受け取っていた。自分自身に対してはそうじゃなかったんじゃないか、と、そのくらいのことを思いながら。

しかし。

「…………どうしました？」

黙り込む俺にオリザさんが呼びかける。

頭の中でピースがハマっていた。彼がそんな意図はなく発しただろう言葉が、俺のここ数日の謎に答えを与えてくれた。

まだ細かい部分はわからないことがある。考えをまとめなきゃならない。それでも、告げるべき答えがおおよそ定まっていた。

少し考えた後で、俺は彼に言う。

「オリザさん」

「はい」

「もしかしたら天罰が下りそうな思いつきがあるんですけど、協力してもらえませんか？」

『魂などありません。心は電気信号。脳が死んで持続することなどあり得ないのです』

オリザさんが車に積まれた機材を操作すると、屋根の上のスピーカーが冒瀆《ぼうとく》的な言葉を吐き出す。

いわゆる街宣車だ。選挙カーの他、東京では右翼団体やそれこそ宗教団体が自分たちの主張や教えを喧伝《けんでん》しながら走り回っていた。

そういった団体とちがって車体には特に何も書かれちゃいない、真っ白な所属不明の車が、身も蓋もない、ただ煽るようなフレーズを町中に大音量で流しているのは、これはこれで不気味にちがいない。

『虚しいだけの信仰は捨てましょう』

喋っているのは俺の声だ。一応加工してはいるが知り合いが気づかない保証は全くない。

葦原市では比較的栄えたエリアを走っているので人通りはそれなりに多く、皆がこっちを見ている気がした。我ながら変な汗が出てくる。背信的な行為に加担しているオリザさんもこころなしか顔色が悪い。

『ペテン師の教祖よ。私はあなたのペテンを見破っている。全てを語って聞かせましょう』

それでも、これを聞いた不特定多数がどう思うかはこの際どうでもよかった。

これを聞く町のどこかに彼女がいればいい。あるいはすでにこの町を出ていても、彼女がこの町に何かしらの関心を持って、この情報をキャッチすればいい。

そうしてアイツが何らかのコンタクトを試みてくれれば——そんな淡い期待からの行動だった。夕方、街宣車を業者の駐車場に停めてからスマホをチェックするが、奥城からの連絡はない。

その他《ほか》チラシを配ったりネットに情報を流したりしてはいるが、街宣車のレンタルだけで一日二十万。奥城の実家は教会の他に副業で成功しているらしく助かったが、流石にいつまでもできることじゃない。

この捜索活動が終わりを告げたのは三日目のことだった。

俺は朝から一人で街宣車を走らせていた。オリザさんは一度奥さんの様子を見に東京へ帰っている。

強い雨が降る、殉が死んだ日を思わせる悪天候であまり聞いている人もいなそうだったが、それでもこの日たまたまアイツが耳にする可能性を信じて。

コンビニで昼飯を買い、車に戻ったとき、スマホに着信があった。

『非通知』——すでに見慣れた感のある表示。

俺はすぐさま応答する。電話の向こうからも強い雨音、それに。

『久しぶりだね、鳴海くん』

懐かしいアルトの声が電話口から流れてくる。

全身に鳥肌が立つ。怒りと安堵が同時に襲ってくる。

今どこだ、何をしてる、戻ってこい——そういう直接的な言葉を吐きかけて、俺は呑み込んだ。

「よぉ、ペテン師の教祖」

『心外だな』

あの日のままの声音で、奥城灯は答える。自称殺人鬼がペテン師呼ばわりを心外ってのも変な話だ。

『ペテン師呼ばわりするなら、話してよ。僕のペテンってのが何なのか』

「ああ」

ダッシュボードに置いていた「それ」を摑むと、傘を差し、雨の降りしきる外へと歩き出す。

雨音の中、俺は自分の暴いた真相を語り始めた。

「お前は人を殺してない。高村明日花も、その前の四人も」

『それは——』

「高村明日花。あの女が連続殺人の犯人だ」

悪趣味な暴露話の語り出しは、まずその事実からだった。一番の核心ではないが重要な事実。これを立証しなければ、核心を認めさせることもできない。

「最初の三件は前に考えた通りだと思う。

塚本和穂が共犯で、高村に変装してアリバイ工作してる間に本物の高村が殺した」

可能性としては逆……カメラに写っているのは本当に高村で塚本が実行担当、もあり得なくはないが、まあないと思う。それならそもそも高村がオフの日である必要はないし
——

「この殺人は高村が主導で、塚本は協力させられてただけだ。でも、アリバイ工作はともかく高村が見てないところで人を殺せって指示されても流石に従わないだろうし」

『ずいぶん色々とわかってるんだね』

さも感心した風な口ぶりだったが、口調はそんなことはない。かといって皮肉っぽくもない。あくまで平坦《へいたん》だった。

『殺人幇助なんて露見したら終わりの行為を、塚本さんは何でしてたんだい？　お金なら塚本さんの方が持ってたと思うよ？』

「それは、もともと露見すれば終わりの秘密を握られてたから」

『秘密って？』

どこか先を促すみたいに奥城が聞く。俺は期待に応《こた》えてやる。

「田原弘道の死体だろうな。行方不明の」

高村宅の前の住人、塚本の元愛人の名を俺は口にする。

「田原は多分塚本に殺されてて、塚本は死体をあの家……屋根裏に隠してた。それを高村が見つけたんだ」

田原は実は殺されていた、となったら同居してた塚本に疑いは向く。もっと直接的な証拠もあったのかも知れないが、とにかくその弱みで塚本に無理やり協力させた。

「結果、抜け出せずに三人。自分が握られた弱みより重くなってる」

当然、塚本はこの本末転倒な状況に焦っていたにちがいない。

高村がヘマをやって捕まれば自分の田原殺しも暴かれる上、逆らえなかったとはいえ殺人幇助をすでに三人だ。高村と同じく死刑になる可能性が高い、と。

そんなところへ最後の一押しが、パーツが見つかったという報道だったんじゃないか。いよいよ高村に捜査が及ぶ可能性が出てきた。家宅捜索でもあって、屋根裏の死体が見つからないとも限らない。

塚本は最速で行動した。店を急遽《きゅうきょ》休み、高村が警察に連れて行かれた留守の間、家に忍び込んだのだ。合鍵——恐らくは付き合っていた当時に田原から渡されたのを使って。

塚本は田原の死体を盗もうとした。人体の骨の総重量は十キロ台。白骨化してるなら女性の体力でも持ち運べないってことはない。

しかしその時、死体はすでに高村が片付けていた。家の中の別な場所に隠したか、すでに遺棄していたか。あの屋根裏が妙に綺麗だったのも、あそこに消臭スプレーがあったのも、殉が上がっていたからなんかじゃなく、本当は死体を片付けた時に清掃したからだと思う。

塚本は弱みを回収できず、そしてそこに高村が俺たちまで連れて戻ってきてしまう。

「殉の部屋の押し入れに鍵落ちてたよな。あれが塚本のだ」

塚本が屋根裏へ潜り込む際にあそこに落としてしまい、それを俺がたまたま見つけ、そして高村へと渡した。

「高村は気づいたんだよ。これは殉のでも自分のでもない。だけど家の鍵にはちがいない。落とし主として考えられる人間——塚本が家にいるって」

あの時、鍵を見た途端に高村は泣き出した。あれは、顔を隠し嗚咽を堪えるのを装って内心の動揺を隠そうとしていたんじゃないか。

つまり、めちゃくちゃに焦っていた。

俺たちに屋根裏を見せて構わなかったはずが一転、塚本と出くわしてしまう可能性が出てきたのだから。

俺の反応から屋根裏に塚本はいないらしいとわかって、もう一方の出口がある自分の部屋に逃げ込んだと睨み、そちらへ向かったのだ。

「塚本と接触した高村は、俺たちが部屋に来たときに入れ違いで塚本を屋根裏へ逃がした。塚本は屋根裏伝いにまた殉の部屋まで移動して、高村は後を追うように自分も殉の部屋に行って、塚本を殺した」

『途中まではともかく、殺さないでしょその状況で。大声を出されたり大きな音を立てられたりするだけでアウトだよ』

奥城から当然のツッコミが入る。すでに十分危険な状況なのに、さらに失敗する可能性も高い殺人なんてするわけがない。もっともだ。

恐らく、殉の部屋で再度合流するまでは、邪魔者二人が帰るまで大人しくしていろ、それから話し合おう、となるはずだったんじゃないか。

しかし結果、殺すことになってしまう。場の流れ、事故みたいなもので。

「高村の気が動転してて判断がおかしかったのか、塚本が襲いかかってきたのか他になんかブチ切れるようなことがあったのか知らんけど、殺しちまった。

俺たちにバレる悲鳴とか音とか出ずに殺せたのも運だと思う」

成功率は低いけど運良く成功しました。身も蓋もない答えだ。

「でも、それはそれで高村は焦った。まあ、当然」

共犯者を失ってしまったし、俺たちが帰るまでの間ごまかせたとして、その後この死体をどうするか。死体が見つかれば自分との何かしらの関係に疑いの目が向くだろう。

しかし、たとえ八千草恵の時のように隠蔽を図っても、この家に住んでいた人物が行方不明となれば、警察は自分との繋がりに着目するかも知れない。

それで奴はいっそ、この殺人も一連の事件の四件目に仕立てることで、実行不可能な自分と殉の疑いを薄めようとしたんじゃないか。考えすぎかもしれないが、俺たちを夕食に誘ったのも、死亡推定時刻いっぱい証人を留め置くためかもしれない。

塚本の遺体は、俺たちの帰宅後ルール通りに爪を剝ぎ、夜間に車で運び、遺棄した。

首の回りを洗ったのは指紋を流すためじゃなく、指紋が残っていないことの理由付けだろう。素手で絞め殺したのに指紋が全くついていないのは、犯人は手袋をして首を絞めた、つまり自分を強く連想させる要素になるから。

ただ、突発的な殺人であるために全ての条件は揃えられなかった。

もともと一ヵ月スパンで行ってきた殺人が今回は前の殺人からまだ三週間、遺棄現場にしても下調べの上で犯行に及んだこれまでとちがい、塚本の生活ルート上で都合のいい場所がなかった。しかたなく、単に人気のない場所へ遺棄したのだ。

そこまで一息に語ると、奥城は。

『凄いや鳴海くん。作家になれるよ』

いかにもお決まりの、犯人が探偵に言うような台詞《せりふ》を発する。

『よくそこまで想像だけでストーリーを組み立てられるね』

「……高村の部屋を出て合流した時、高村から柑橘系の、消臭剤の匂いがした、気づいてたか？」

『そうだっけ。ひょっとして、屋根裏にあったたってやつ？』

「多分な」

初めて家を訪ねた時、あの香りがしたのは殉の部屋の屋根裏だった。

二十五日に訪ねた時は殉の部屋全体もうっすら同じ匂いがした。特に、押し入れを開けた時が一番濃く。

オリザさんと会った翌日、忘れ物をしたと嘘をつき、母に頼んであの家に入らせてもらった。警察が押収したのかあれこれなくなっていたが、殉の部屋にあの消臭剤のボトルが残っていて、中身が空になっていた。他のどの部屋もあの匂いはしなかった。あの部屋だけ、それも押し入れ内をやたらと念入りに消臭したのだ。

俺たちが入った後で突然生まれた消臭の理由。それは。

「汚い話だけど、窒息死って漏らすらしいな。その臭いが気になったんじゃないか」

俺たちといる時も、自分の体についてやしないかと不安だったんだと思う。押し入れが特に念入りなのは恐らく、そこに死体を長時間隠しておいたから。

『消臭剤の匂いだろう？　排泄物そのものじゃない。根拠が間接的すぎないかな』

奥城の言葉に俺は黙り込み、その場に立ち止まる。

答えに窮したわけじゃない。消臭剤の件以外の根拠を、俺は持っている。そしてそれを挙げるのは、いよいよ核心に踏み込むことになる。

迷ったわけじゃないが、心の助走というか、溜めというか、欲しかったのだ。

苦しい。寒い。不安だ。

十秒前後あったと思う。雨音が世界を支配する。

支配から抜け出し、力なく歩き出す。

「高村が死ぬ前の日、心霊現象、みたいなことが次々起きた」

奥城自身の腹部に浮き出た手形。殉の声での電話。

高村の家で待ち受けるかのような、食い散らかされていた料理。窓の手形。高村の部屋の泥の足跡。屋根裏からの音。そしてまた殉の声の電話。

「あれはそれぞれ、高村の周りの死人に対応してる」

手形は谷川瑞希、料理は佐々村康平、足跡は八千草恵、電話は言わずもがな。

なら、屋根裏の音は誰の霊の仕業だというのか。

高村は殉が屋根裏で過ごしていたという。しかし、殉の霊が起こした現象と捉えたにしては、屋根裏を覗き込む時の高村は何だか怯えているように見えた。殉からの電話の時は泣いて喜んでたのに。

もしも高村が殉じゃない、別人の霊を想定していたとしたら、屋根裏に押し込められた死人が、あの家にいたんじゃないか、高村は知っていたんじゃないか。

「だから、あそこで人が死んだか、死体があったんじゃないかって思った。田原と塚本だな。前の臭いのことと合わせて、塚本があの家で殺されたのかもって――」

『ちょっと待って。何? 心霊現象を根拠に推理? 鳴海くん、急に肯定派になったの?』

「とぼけないでくれ」

『………』

それこそがペテンなんだ。

狭山殉が企て、奥城灯が引き継いだ。

「死が間近に迫った殉は、高村に『死んでも終わりじゃない。自分は存在しているし、いつか再会できる』って思わせて、希望を与えようとした。だけど実行は自分が死んだ後じゃなきゃならない。だからお前に託したんだ」

返事はなかった。雨音、そして水音だけが電話の向こうの情報を伝える。

「お前は音声データでももらってて、死んだ後、高村に殉の霊魂って体《てい》でメッセージを伝えることになってたんじゃないか？」

奥城は嘘に協力した。電話も、俺と初めて会った日に聞いた殉の声も奥城が流したものだろう。どっちも声の先には奥城がいた。俺に聞かせたのは、俺が殉の声とちゃんと認識するかという、精度の検証も兼ねていたんじゃないかと思う。

それ以外の心霊現象、まず奥城自身の身に浮き出た手形だが、何しろ自分の体だからやりようはあるだろう。

「アルコールパッチテストとか、その手の仕組みを使った、ちがうか？」

返事はなかった。

アルコールを分解する能力を測るために、皮膚にエタノールを塗って反応を見るテストだ。酒が全く飲めないような人は、エタノールを染み込ませた絆創膏《ばんそうこう》の形そのままに貼った場所が腫《は》れ上《あ》がる。

「お前は手袋か何かに染み込ませたのを腹に貼っておいて、ニルヴァーナのトイレで剝がしたんだ。そうして手の形に腫れた痕を俺に見せた」

倒れたのは演技にせよ、酒を飲めない身で大量のエタノールを皮膚から吸収した奥城はあの時本当に体調が悪かったのかも知れない。

病院へ行くと偽って俺の前から消えた奥城は殉の声の電話で俺を家に向かうよう誘導すると、約束の時間よりもだいぶ早く、家に侵入した。

もちろん塚本とちがってもともと合鍵《あいかぎ》はなかった。現代は怖いもので、これは調べて知ったのだが3Dプリンタで画像からでも合鍵を作れるらしい。

殉の部屋で奥城は二つの鍵をやけに長々見比べた後、お釣りを渡すみたいな仕草《しぐさ》で、自分の手を被せるようにして高村に鍵を返していた。あの時、服の袖《そで》に隠したスマホでも使って鍵を撮っていたんじゃないかと思う。

そうして家に侵入を果たすと、高村が殺してきた人間が化けて出たと言わんばかりに心霊現象を演出してみせた。

食べ物を食い散らかし、窓に手形、高村の部屋に泥の足跡もつけた。

俺たちがやってくると屋根裏を叩いて存在をアピールし、俺たちが高村の部屋まで踏み込んできたときには、恐らくベッドの下に潜んでいた。

そうしてトドメが、あの殉の声での電話。

計画は成功した。高村明日花は天国を信じた。その結果――

「高村は首を吊《つ》って自殺した」

四人を手にかけてきた高村は、最後は自分自身も殺したのだ。

恐らく奥城は高村が眠ったタイミングで家を脱出するはずだったんだろう。しかし、死んでいる高村を発見してしまう。

自分と殉のした行為のせいで、高村は自殺した。

「お前は自分を犯人に仕立てて隠蔽しようとした。本当は自殺なのを、殺人に偽装するために首を切った」

絞殺を首吊り自殺に見せかけるのは難しい、と何かで見た。

巻き付いた紐が腕力で引っ張られて首が絞まるのと自重で食い込むのとでは、死体に残る索条痕や顔面の鬱血度合いがまるでちがうから、らしい。

しかし、縊死《いし》を絞殺に見せかけることはできる。今回は「遺体の一部を持ち去る」なんていう便利な設定があるんだから。索条痕も鬱血も、首がなければ判断材料がない。

奥城本人が犯人と訴えれば、少なくとも否定することはできない。

「でも無理だよ。あの事件と同じ犯人なら、殉を助けた手を切らないのはおかしいし、動機だってこじつけ臭すぎる」

『……何で、そんなことするって言うのさ』

黙って聞くばかりだった奥城が尋ねる。雨音にかき消えそうな弱々しさだ。

『高村さん、オカルト否定派だったんだろ？　心霊現象を装って救われるかもって、そんなこと殉くんが考えた？　無理ない？』

「いや、考えたよ、アイツは」

そんなことを実行するのは馬鹿げてる。それでもそう考える根拠はあったし、間違ってはいなかった。

高村はオカルト否定派でもなんでもない。殉はそれを知っていたんだ。

「高村は、死後の世界を見つけるために人を殺した」

『どういう』

何か絞り出すみたいな問いかけが返ってくる。

「殺した三人に恨みがあったんでも、何か奪おうとしたわけでもない。実験だったんじゃないのか。恨みを買う形で人を殺して、そのパーツを手元に置いて、さあ化けて出ろ。自分を呪えって」

死後の世界の存在を実証するための殺人。

あまりにも馬鹿げてると思う。でも、それなら説明がついてしまう。

二人暮らしには手に余る広さの、曰く付きの一軒家をわざわざ借りたのは何故か？

霊がいるかも知れないから。

殉が死んで間もない家に俺たちを呼んで、死体が隠されていた屋根裏も見せたのは何故か？

殉や田原の霊が何か反応してくれるかも知れないから。

オカルトがオカルトじゃない、現実だと実証するのがあの女の行動原理だった。両親や他の信者たちとはちがい、たしかにあるんだと確認したかった。

殉の目論見と、奥城の努力は実を結んだ。

高村明日花は死後の世界を信じ、救われた。

殉と再会すべく、そのまま命を絶った。

天国が実在しているなら、現世なんかすっ飛ばして天国へ旅立つ。

陵台ビルで奥城の口から聞いた時はクレイジーな発想だと思ったが、殉がいるなら天国というのは、俺にはよくわかってしまう。

大勝利だ。クソッタレ。

そこまで語ったところで俺は足を止める。

殉が飛び込んだ橋の手前まで来ていた。確信があったわけじゃない。電話口から微《かす》かに水音が聞こえたってだけだ。そうだったら一番嫌だなという場所に来てみただけだ。

橋の上に傘を差した人影が見える。

帽子を被っていて、見た感じ髪は長い。服装もガーリーというのかフェミニンというのか、アイツがしそうにない格好をしている。

しかし。

「正解」

奥城灯は何かを堪えているような表情で告げた。

橋の上にいるのを見つけたときはひやりとしたが、飛び込む素振りを見せない。恐る恐る俺が近づいていってもこちらへ視線を向けたままだった。

やがて、動いていても制止できる間合いまで来る。

「何で……殉くんは自殺したんだと思う？」

奥城が尋ねた。俺たちが追いかけたそもそもの謎。

恐らく、ここからは「正解」はない。奥城も推測の答えしか持っていないだろう話だ。

眼鏡の奥の瞳を見据え、下唇《したくちびる》を軽く嚙んでから、俺は自分の答えを言う。

「高村に、殺させないため」

一際強い声が出た。自分でもおどろくくらい。

その勢いに任せて、俺は最後まで語る。早く語り終えたかった。

「高村は殉がもうすぐ死ぬから人を殺し始めた。殉が生きてる限り、結果を出すまでやめない。出るわけがない。死後なんてないんだから。

だから殉は、死ぬことで高村から動機を奪ったんだ」

これ以上人を殺させるわけにはいかない。でも告発もできない。

この先出るだろう被害者と、また人を殺すだろう恋人。どちらも救うために。

施設長の言葉を思い出す。たしかに、俺の神様は優しいけど、自分を犠牲にできるけど、正しくはなかった。

だって、正しく振る舞うってことは、高村は死刑ってことだから。

自分は間もなく無になるのに、高村に死ぬための人生を歩ませることになるから。

高村に生きていてほしかった。遺したかったから。

弱かった、馬鹿だったんだ、アイツは。

「僕も……そう思うよ」

うれしい、と泣きそう、が混ざった表情で奥城が頷く。

当初目指していたところに行き着いた。

達成感はない。

あの夜に俺が踏み込んだら、果たして殉は全てを明かしてくれたろうか。

「そんなことはないだろう」「そんなことが起きてほしい」——あきらめと祈りが絡み合って、そしてもはや手遅れという、最初からわかっていた事実に行き着く。

「どこまで知ってたんだよ、殉と高村のこと」

「殉くんに頼まれたのは、自分が死んだ後、鳴海くんや高村さんに自分の声で電話をかけてほしいって。

でも、それは病死で、もっと先だと思ってたんだよ。僕も直接会いに行って、最後くらい一緒に過ごせると思ってた。なのに殉くん、突然死んじゃってさ。わけわかんなかったよ」

「……そっか」

たしかに、全てを奥城が承知でいたならパーツを掘り出しはしないだろう。殉の死は、奥城にも当初謎だったにちがいない。

それで、殉の友人である俺、そして高村に接触を試み、結果あれを見つけてしまった。

「手足に舌が出てきて、ああそういうことかって思った。聞いてたからね、高村さんが、心霊現象を求めてるって。殉くんがこのために死んで、このために僕にあんなお願いしたんだなって」

『もし高村さんが犯人で、狭山くんの望みが隠蔽なら、君はどうする？』——あの言葉は、つまりこいつ自身は確信していたんだ。犯人だと。

「自分では善悪みたいの、あんま気にしない方と思ってたんだけど、どうなんだろうって思ったよ。流石に。人を殺して……殉くんが死んだのだってあの人のせいなのにって……。

でも結局さ……やることにしたよ。僕自身が約束を守らなかったら、僕だって、何かを遺すことを信じられないだろうから。

それに――」

奥城は俺を見上げる。

眼鏡の奥の瞳が発する引力は、何だかずいぶん弱々しく見えた。

「信じてほしかったしね、君にも。ひょっとしたら、高村さんがついでなのかも。君に信じてほしかったから、踏み切ったのかも」

その言葉に歯噛みする。不愉快だった。腹立たしかった。

「信じるわけないだろ……俺が」

殉の声の電話で家に呼ばれた段階で、何かの作為だろうと思って、確かめるつもりだった。

当たり前だ。俺は高村じゃないんだ。そんなの嘘だろうって発想が真っ先にくる。奇跡を見たらタネがあると疑う。

高村にやるのはいい。何で俺に仕掛けるんだ。お前だって自分なら信じないだろう。俺よりはるかに鋭くて疑《うたぐ》り深《ぶか》いんだから。

「だって、他になくない？」

奥城が卑屈な、泣きそうな笑みを浮かべる。

「本当に天国が存在する、以外に、そう思わせる以外に、救われる？　殉くんはいないのに、みんな、いつか消えちゃうのに……」

俺の中に、自信のある言葉がなかった。そんなことはないなんて叫んでも、彼女に届く気がしない。

「もし全部上手くいってさ、俺が信じ込んだらお前、どうしてたの？」

「……高村さんがやったことを君に話して、告発するかどうか考えてたかな。彼女は多分、死刑になってももう別によかっただろうけどね」

「……だろうな」

「それで、その後は……普通に過ごしてたと思うよ。最期のときまで。殉くんも僕も消えてない。死後に再会できる、それを君が希望に感じてくれるくらいには、仲良くなって、死にたかったかな」

でも、殉の望みと真逆の事態を招いてしまった。高村は見当ちがいな希望を信じて消滅した。

自分が遺した物は自分じゃない。残された側がどう受け取ってどう扱おうと関知できない。不本意でもどうしようもない。

当たり前の結果が出た。これ以上ない失敗を突きつけられた奥城は、信じさせるには苦しすぎる嘘をついて、今、俺ごときに見破られている。

「上手くいかなくて、よかったと思うよ、俺は」

「どうして」

「だって嫌だろ？　俺が天国に行けるって信じてんのに、お前は救われない気持ちで、でも自分も信じてるようなツラし続けんの。無理だよ」

俺はここに来て一つ、思わされたことがある。

「人生はさ、自分のためのものじゃんか」

俺の言葉に奥城の表情が変わる。

怒っていた。怒りと悲しみが入り混じった顔。

「その自分が、消えちゃうんじゃないかっ‼」

声を震わせて奥城は叫んだ。

一瞬の間を置いて、かき消されていた雨音が俺たちをまた包囲する。

「……そうだな、悪い」

俺は彼女の窮状を全く解決できない。苦しみの根源を取り除けない。じゃあ、どうすればいい？

縋ろうとしていたものが崩壊して、ただ取り残された奥城灯はどうすればいい？

「……遊ばないか？　ひたすら」

「遊ぶ？」

さっきと一転、虚を突かれた風な表情になる。

「あのメッセージにさ、書いてたじゃん。『刹那的な娯楽を消費するだけ』って。それでいいんじゃないかな、後に何も残らなくていいだろ……。ひたすら遊んで遊んで遊んでさ、楽しいことだけしようぜ」

楽しいこと、楽しいことを脳内から捻出《ねんしゅつ》しようとする。

前より重いダンベルを上げる、ローキックでバットをへし折る……いやそういうのじゃなくて――

「モーガン・フリーマンと……あと誰だっけ……もう一人が、死ぬ前にやりたいことをやりまくる映画があって、そういう感じ……お前が楽しそうなこと全部やろう。実家金持ちなんだしさ。世界中《せかいじゅう》のクソ高い葉巻とか吸いまくってもいいし、海外で銃を撃ってもいい、この際ドラッグもやってみないか？　大丈夫な国とか行って」

人の親の金を当てに俺はめちゃくちゃなことを言っていた。出てくる娯楽が頭悪すぎてどうかと思うが、でもいいじゃないか。

「死ぬ瞬間まで楽しい楽しい楽しいって快楽漬けだったら、最高に幸せって言っていいと思う。楽しいんだから。死ぬことなんて忘れたままでいようぜ、死ぬまで」

「楽しめると思う？　僕が……死ぬまでもうすぐって状況で。怖さに負けると思うよ、僕なんかは」

「……わからん。でも、あきらめないよ。あきらめたくない」

可能性を投げ出してはならない。誰にでも救いの道があると信じたい。奥城牧師の教えだ。

「俺、自分のことしか考えてないから」

「…………」

「殉の最後の願いは叶わなくて、人を殺しまくった高村だけが勝手に気持ちよくなって死んで、お前は救われないままだったら……俺はずっとずっと引きずる。自分が死ぬときにもそのことを思い出して、後悔しながら、救われずに死ぬと思う。

そんなん嫌だから」

スマホをパーカーのポケットにしまい、代わりに入れていたものを引っ張り出す。

煙草の箱だ。赤地に金で印字された、世界一のタール量を誇る、世界一命を削る銘柄《めいがら》・ガラムスーリヤ。

多分切らしているだろうと思ったのだ。コンビニには置いてないらしいし、扱っている煙草屋は調べると市内に二つしかない。当然警察がマークしている。

並んだ煙草の尻を指で叩くと、指の隙間から一本だけが半分ほど飛び出す。ここ数日、吸いもしないのに練習した甲斐があった。

奥城は何も言わず、その一本を抜き取ると口に咥える。煙草に続いてポケットからライターを出して、傘で濡れないようにしながら先端へ近づけた。

「自分のために、お前の人生を最高にするのに、俺は命かけてもいい。約束する……だから、こう、がんばって生きてほしい……どうかな？」

火が灯る。

奥城は被っていた帽子とカツラを脱ぐと、煙草を右手に持って煙を吐いた。

久しぶりに見る、輪になった煙。◯ってことだろう。

・・・

『田原さんの遺体を見つけたとき、おどろいたけど、落ち着くとがっかりしました。頭蓋《ず がい》骨《こつ》はあからさまに陥没していて、行方不明は心中《しんじゅう》した一家の祟りでもなんでもない。殺されたんだって。でも、体液で腐ったジャケットから、塚本さんの名前が彫られた指輪が出てきた。あの人の行き付けのお店でカマをかけたらボロを出して、利用できると思いました』

『殉くんに犯行がバレた日、彼が怒った顔を初めて見ました。彼は私を怒鳴って、もう絶対こんなことしないでと私に泣いて頼みました。罪悪感で胸が張り裂けそうだったけど、でも私には殉くんよりも大事なものがなかった。殉くんは存在できるって証明するためなら何でもするつもりでした』

『埋めておいた八千草恵さんの死体が見つかって、私がまた殺したことがバレて、殉くんを失くしたとき、本気で自分がしてきたことを後悔しました。塚本さんに死後の世界なんてあるわけがないのに頭がおかしいって言われたときはがまんできずに首を絞めて、気づいたら殺してしまいました』

高村の遺体のそばにあったという遺書には犯行の全容がびっしりと綴られていた。犯行を決意し実行に至るまでの経緯、犯行の手口や塚本の死体遺棄後に田原の骨を埋めた場所、塚本とのやり取りに使っていた、数年前に管理人の死亡したブログの掲示板など。

『夢が叶いました。死んだら終わりじゃないんです。私は殉くんに会えるんです。なんて勝手なんだって皆さん思われたと思います。殺した三人には向こうで必ずお詫《わ》びするつもりです。遺族の皆さん、どうか冥福を祈ってあげてください。それでは、私は旅立とうと思います。またお会いしましょう。』

遺書のメには死の直前の晴れ晴れとした心地がよく出ていて、思わず破り捨てたくなる。

このときばかりは死後の世界があってほしいと思った。地獄に落ちて、永遠に苦しみが続くとわかって、こんなことなら死後の世界なんてなくてよかったと思っていてほしいと。

でもきっとそんなことはない。だから高村明日花は勝ったのだ。最高の死を迎えたのだ。

あまりにも胸くそ悪いが、高村の勝利は奥城の敗北じゃない。それだけが救いだった。

レンタカーの助手席に奥城を乗せ、葦原市のいかにも地方って町並みを走る。向かう先は中央署だ。

デカいスピーカーのついた街宣車だし、傍らのバッグには高村の首と、死体のそばにあったらしい解体に使ったノコギリが入っていて、車内はうっすら臭いので雰囲気もクソもない。

それでも、このドライブをだらだら引き延ばしたくて、俺は思いきり遠回りをした。

奥城が死体損壊、遺棄罪を犯していることは事実なわけで、自首しなきゃならない。何があったか包み隠さず告白し、裁かれなきゃならない。

どれくらいの刑になるのかよくわからないが、懲役刑の実刑判決を食らったら奥城は獄死することになる。それだけはどうしても避けたかった。

とはいえ俺にできるのは求められたとき証言台に立つことくらいだ。奥城自身や弁護士にがんばってもらう他ない。

車内では奥城がスモーカー大佐みたいな勢いで煙草を吸っていた。まあ、またしばらく吸い納めになるんだろうし、楽しめばいい。

道中の三十分弱はあまりにも惜しかった。取り調べのこととか裁判のこととか、話題は無限に浮かんでくるけど、何だかもっと他愛《たわい》ない話をした方がいい気がする。

でも他愛ない話がぱっとできるほど、俺たちは多分互いを知らない。

「ストV、お前が出てくるまでにコソ練しとくから、もう勝てないと思うぜ?」

「コソ練ってならこっそりしなよ」

奥城がくすりと笑う。煙草の煙は車窓から尾を引くように流れてゆく。飛行機雲みたいにその場に残らず、風がすぐさまかき消してゆく。

絵になる姿だった。泣きたくなるくらいに。


警察署の手前まで来て奥城灯を見つけて連れてきたと電話で伝えると、葛西刑事はたいそうおどろき、警察署の裏口に止めるようにと指示される。連行した犯人はそっちから署内に入れる決まりだという。

裏口に回って少し待つと、手錠と何か革製の器具を手にした葛西刑事が現れた。

「警察をナメやがって……全部喋ってもらうからな」

「はい」

葛西刑事は車を降りた奥城に手錠を嵌《は》めると、黒いベルト状の拘束具を腰に巻き付ける。

十月一日午後二時三十分、奥城灯は死体損壊と遺棄の容疑で逮捕された。

ベルトから伸びたロープで葛西刑事に引っ張られていく奥城を裏口前の駐車場で見守る。

身内でもない俺が面会なんかさせてもらえるだろうか。これが最後の姿なんてことになったらと、見送るのが怖くなって、ちょっと待ってと情けないことを言いたくなる。

奥城がちらりとこちらを見て、微笑《ほほえ》んだ。

葛西刑事が裏口のドアを開ける――そこに男が立っていた。

水色の制服に身を包んだ、背の高い警官。

「八千……っ‼」

ほとんど不意打ちで振り下ろされた警棒が、葛西刑事の額を捉えた。

ぐでん、とその場に崩れる。

その場に残ったのは両手を塞がれた奥城と。

警棒を捨て、拳銃《けんじゅう》に持ち替えた八千草。

「死ね」

その一言と共に銃を向け、引き金に指をかける。

俺が取った咄嗟《とっさ》の行動は、多分間違いじゃなかったと思う。

傘を投げる。回転しながら飛んでいき、上手いこと八千草の射線を遮《さえぎ》る。

舌打ち。銃声。ガラスが砕《くだ》ける。金属音。外れた、と思う。

何か叫びながら、八千草へ突進した。

銃口が向く。

無我夢中で出した、中段蹴り、前蹴り。たしかに手応《てごた》えがあったが八千草は銃を離さない。

発砲。多分二発。

吹っ飛ぶような衝撃を腹に受けながら繰り出した正拳《せいけん》突きが顔面を捉える。何か潰れる感触。

鼻血を噴き出し、八千草は倒れた。拳銃をすぐさま蹴り飛ばす。

「ああ、はあ……」

気絶している八千草を見下ろす。雨音と、雨に打たれる感覚が遅れて襲う。

守れた。殺されずに済んだ。良かった。案外強いな俺。

問題は――

「鳴海くん、血っ!!」

完全にパニックらしい奥城の声。

問題は二発モロに食らってしまったことだ。腰から下は鮮血で真っ赤に染まっている。

死ぬんじゃないのか、これ。

「救急車呼んでくださいっ!! 応急処置!! 止血して!!」

銃声に駆けつけてきた警官に奥城が叫ぶ。

そうだ、死んだらダメだ、死んだら終わ——

五章　それは無神論者たちへの

初めて煙草を吸ったのは中学のときだった。

ミッションスクールの中等部にも不良ぶった子はいるもので、その子が吸っているのを目撃した僕は、一箱売ってほしいと頼んだのだ。

屋上手前の階段踊り場。その子に借りたライターで点火する。

先端がちりちりと赤く燃えて、吸い込むと口と鼻が煙に侵食される。甘くて香ばしい、キャラメルのポップコーンみたいな匂いだった。

だけど粘膜への刺激が圧倒的で、香りを楽しむ余裕もなく、僕は簡単に咳き込んでしまう。

優等生が無理すんなよと笑われたけど、僕はこれでいいんだと思った。

煙草に含まれるニコチンは言うまでもなく体を害する。パッケージでもデカデカと警告されている。長生きしたいなら、まして成長期の僕たちが吸っちゃいけないものだ。だからいい。

命なんて大事にするようなものじゃないんだ。早かれ遅かれみんな死ぬし、その先は無なのだから。

草を燃やして寿命を縮める煙を吸っては吐く……その行為が纏う文脈が、命を、生を茶《ちゃ》化《か》してくれる気がした。

十二月二十日、拘置所を出た僕は実家に帰ってきていた。

僕が犯した高村明日花の死体損壊、及び遺棄への判決が地裁で下ったのはこの二日前だ。

高村さんの筆跡の遺書、そこに書かれた通りに見つかった田原さんの遺体、高村さんの頭部……それらに裏付けられて、僕が捕まって以降は取り調べから起訴、裁判に至るまでごくごくスムーズに進んでいった。

懲役一年執行猶予三年。

執行猶予が付いた理由は、高村さんの自殺の隠蔽、という動機が自分の利益のためでなく、再犯の可能性も極めて低いため、らしい。僕が余命一年を切っていることは加味されたのかどうか、裁判長は触れなかった。

「釈放されたら何より時間を大事に、有意義に過ごしてください」

裁判が終わった後、弁護士の先生にそう言われた。

有意義ってどういうことだろう。実感の持てない言葉を抱えたまま、僕は自由の身になった。

東京の実家、三ヵ月ぶりの自室は変わらない様子で僕を出迎える。ママが掃除をしてくれてたんだろう。

聖書に挟んでおいた鍵で引き出しを開けると、隠しておいたガラムスーリヤのカートンも変わらぬ姿でそこにあった。

煙草一箱と携帯灰皿、ライターを手に、僕は実家の裏手へと向かう。

誰からも死角で、こちらからは塀の向こうに教会の十字架が見える場所。四日後のミサに向けての練習だろう、クリスマスキャロルが聞こえてくる。

神様を一方的に覗けるようなこの場所が、ずっと僕の家での喫煙席だった。

二ヵ月半ぶりの煙草を咥え、点火したライターをそっと近づけ――

触れ合うか否かというところで、手が止まった。

『煙草って何が美味いん？　匂い？』

『体に悪いところかな？』

『は？』

『ほら、命が削れていくみたいに見えない？　立ち上る煙も、崩れ落ちる灰も』

思い出すのは、鳴海くんと交わしたやり取り。

そして、僕に生きてくれと、そのために命をかけると訴えた鳴海くん。

二発の銃弾を浴びて、彼は倒れた。ニコチンで生を無価値化することに酔っていた僕を、彼は庇った。

ダメだと思った。吸えない。吸っちゃいけない。僕は火を点けることなく煙草をくしゃりと曲げて灰皿に捨てる。

その後すぐ、僕は部屋に戻って荷物をまとめ、事前の予定通り家族に別れを告げて家を出た。

向かった先は、東京駅から新幹線で二時間、そこからローカル私鉄で四十分ほどの地方都市。郊外のベッドタウンの一角。

鳴海くんの家だ。

初めて入る鳴海くんの部屋は、多分元の状態とずいぶん様変わりしているんだろう。

窓に面した位置に大きなベッドが置かれていた。手すりにリクライニング付きの介護用ベッドだ。棚には畳んで積まれた着替え、紙オムツに清拭用《せいしきよう》のウェットシート、様々な薬が並ぶ。ボランティアで訪れた介護施設に似た、有機的な臭いが薄く漂う。

ベッドの上の彼をしばらく見つめ、ようやく言葉を絞り出す。

「痩せたね」

それくらいしか口に出す度胸がなかった。

上半身の筋肉が削《そ》げ落ちているのが厚着の上からでもわかる。寝たきり生活による筋肉の衰え――その当たり前の変化に、内臓をきゅっと絞られるような苦しさを覚える。

鳴海くんは何も言わない。僕が入ってきた瞬間から人形みたいにそのままだ。

顔はこちらを向いているし、目も薄く開いている。

だけど網膜に入った情報を脳が認知して「奥城灯だ」と思ってくれているのかはわからない。少なくとも、それを出力することが今の彼にはできなかった。

鳴海くんが一命を取り留めた、と知らされたのは留置場に連れて行かれ、夜になってからだ。

何もできない僕の前で、やってきた救急車に乗せられ、運ばれていった。僕も乗せてとどれだけ願っても聞き入れてもらえなかった。

現役警官による銃撃と殺人未遂で警察は大騒ぎだったらしく、取り調べも翌日からだという。

畳敷きの何もない部屋、何もない時間、吐き気と腹痛の混ざった気持ち悪さに苛まれ、お腹を下して、早すぎる夕食にも手を付けずトイレへ行くのを繰り返していた。

留置場係の警官が僕を呼びに来て、事務室へと連れて行かれた。そこには包帯を巻いた葛西刑事がいた。自身もたった今病院で治療と脳のＭＲＩ検査を受け、帰ってきたようだった。

彼は医師から聞いた鳴海くんの容態について話してくれた。

一時は停止した心肺機能が回復し、集中治療室にいる——未《ま》だ予断を許さないという留保付きではあるけど、彼が生きているってだけで救われた。

これからはきっと全部上手くいく。そんな根拠のない楽観は願望でしかなくて、だからそうはならなかった。

容態が安定し、一般の病室へ移ったのが二日後、呼吸器も間もなく外れ、傷の方も治癒に向かっていった……だけど、意識は戻らなかった。

自発呼吸や痛みへの反射というごく一部の機能を除いて、鳴海くんは生きる意志を持たないかのように昏睡したまま。

いつか回復するかは、わからない。

絶望するほど確率が低いわけじゃない。同じ症例では年齢が若いほど回復の見込みがあるとされているし、そういう意味で鳴海くんは望みがある。

ただ、いつかはわからない。

数ヵ月で回復した例もあれば、十年二十年と経っても戻らないまま多臓器不全に陥り、死亡することも多い。

この状態に陥った患者の多くは病院から自宅へと移り、家族やヘルパーに介護されて生きていくことになる。


「奥城さん、本当にいいの？　別にやめますって言ったって無責任なんて思わないから」

一緒に部屋に入った鳴海くんのお母さんが、僕を気遣《きづか》うみたいに言う。

執行猶予判決が出て釈放されたら、自分に介護をさせてほしい。

そう申し出たのは拘置所に移送され、裁判を待つ間のことだ。

当然断られた。

鳴海くんがああなったのは僕のせいだ。高村さんの死体を見つけた時点で警察に全て話していれば狙《ねら》われることもなく、鳴海くんが撃たれることもなかった。

謝られても、罪滅ぼしを気取ったような提案をされても虫がいいとしか思えないだろう。赤の他人の僕に息子の世話を任せるなんて承諾できないだろう。

だけどお願いします、と今もこうして頭を下げている。

今のお母さんは、拘置所の面会室で会ったときよりやつれて見えた。鳴海くんが帰宅してまだ一ヵ月と少しだけど、すでに疲れているんだろう。

食事介助、排泄物の処理、床ずれができないよう頻繁に体位の入れ替え、着替え、入浴ができない日の清拭——介護をする側の負担は甚大だ。

お父さんお母さんは会社勤め、妹の美奈穂《みなほ》さんは高校生、何もすることのない僕がその役を引き受ければ大幅に楽になるはずだ。

少なくとも僕がまともに動ける間は。

「することないって、ないわけないでしょ……」

鳴海くんのお母さんが苦しげに言った。当然、彼女には僕の体のことも伝わっている。

「家族や友達と過ごさなきゃ。浩弥の世話をしてどれだけ時間を失くすの？

浩弥が撃たれたの、あなたのせいだなんて思ってない。ただ、あなたの時間まで奪えないってだけ。自分のことだけ考えなきゃいけない人でしょ、あなたは」

「……僕はもともと自分のことしか考えてませんよ」

はっきりと答えた。

「鳴海くんと遊ぶ約束してるんです。僕はワガママだから、あんな目に遭わせておいて彼に約束を守ってほしい、彼と遊びたいって思ってます。時間がないからこそ、目覚めたとき、残り少ない時間を少しでも使えるようにそばにいたい。それだけです」

こうして僕は、彼の家の空き部屋に住まわせてもらいながら、介護の大部分を担当することになった。

「留置場の人たち、妙に明るい人が多かったかな。万引きや詐欺《さぎ》の常習でもう逮捕も慣れっこみたいなね。出たら何するって留置場係の人と喋ってて、ちょっとうらやましかったよ」

鳴海くんを着替えさせ、細った筋肉を揉みほぐしながら彼に語りかける。彼は聞こえているような素振りは一切ない。

でも、遺影や墓石に話しかけるよりは希望のある行為のはずだ。

大切な人からの呼びかけで意識を取り戻す——そんな例は奇跡でも何でもなくいくつも

報告されているのだ。

だから家族や医療スタッフも病院にいた頃から何度も試みてきたけど、鳴海くんの方に反応が見られたことはないという。

声で彼が目覚めるとしたら、やっぱり一番に浮かぶのは殉くんだった。

死人の声を聞かせるなんて呪いじみているし、本当に目覚めたら何だか複雑でもある。

それでも、そういうものじゃないとわかっていても、殉くんの声を聞いたら、王子様のキスみたいに彼は目覚めそうに思う。

できたなら、僕はきっと迷わなかったろう。

できなかった。僕が消してしまったから。

高村さんに聞かせることに成功すると、僕はスマホに残していたデータも処分してしまったのだ。

疑われたときのための証拠隠滅もあるけど、何よりこんな虚しいものは、早く消し去りたくて。なんて馬鹿なことをしたんだろうと思う。

だから、こうして積み重ねるしかない。聴覚をはじめ外界から神経への刺激を与え続けることは機能回復のたしかな助けになるという。

いつかは実を結ぶ……そう信じる他ない。

いつか、が僕の死より先の保証は、もちろんどこにもない。

「ドラッグで捕まった人と同じ部屋だったんだけど、気持ちいいものなのかって聞いたら、それ以上に切れた苦痛から逃れたくてやるんだってさ、やらないのが正解かもね」

彼が橋の上で語った最高の人生の見つけ方。彼が倒れなきゃ実行されてたかはともかく、たとえこの瞬間に意識が戻っても、大半は、もはや叶うことはない。

後遺症が残る可能性が極めて高いのだ。海外旅行に行けるくらい後遺症が軽い可能性、僕が生きているうちにリハビリを重ねてそこまで回復する可能性はないも同然だ。

彼が目覚めた後、できる遊びは何だろう。僕は介護の合間、東京の彼のアパートを引き払うときに持ってきたソウルキャリバーやストリートファイターをプレイするようになった。彼が宣言していたコソ練だ。相手はオンラインか、美奈穂ちゃん。

ゲームもできなかったときのために、ウミガメのスープみたいな推理ゲームや、もっと簡単なゲームもいくつも覚えた。

この生活の中での僕の娯楽には鳴海くんの本棚の漫画もあった。

完結済はいいけど、連載中の作品はあまりにもつらい。『HUNTER × HUNTER』はたとえ今すぐ連載再開しても暗黒大陸上陸は拝めないだろう。

一番好きになったのが『ドラゴンボール』だ。終わり方が良かった。

魔人ブウの生まれ変わりの少年を背負って飛び立っていく悟空《ごくう》。物語はそこで終わるけど、もっと強い奴と戦える、強くなれる、そのワクワクに満ちた、描かれることのない

「これから」が、僕も欲しくてたまらなかった。

美奈穂ちゃんの勉強を見たり、時折鳴海くんの家族と外食したり、僕自身も市内の脳神経外科へ通いながら、鳴海家での日々は過ぎていった。

葦原市はそれなりに雪の降る土地で、その雪も消える頃には自作のクイズも百問近く貯《た》まり、格ゲーはどれも鳴海くんとは百回やっても負けないだろう、というくらいに上達していた。

そのゲームの腕前は四月に入った頃から急速に衰えていく。

プレイ中唐突に視野が狭くなるようなことがあった。昇龍コマンドすら安定して出せなくなるくらいに操作の精度が落ちていた。

普段の生活でもだ。これまで自覚症状は時折の頭痛と立ちくらみ、味覚障害くらいのものだったけど、その頻度が急激に増え、処方されている薬を飲んでも症状が治まらないようなこともよくあった。

タイムリミットが近づいている。

僕の病気の進行が遅ければ、その分猶予はできる。鳴海くんとの時間が増える。そう思ったけど、僕の病気の進行は通常より早いらしかった。当初告知された期限まで保たないだろう、と。

生活に不便を感じるくらいまで進行したらあっという間だ。昔言われたことを改めて告げられる。

そんな状況でも、鳴海くんは数ヵ月前より何かが改善することもない。

もう、ダメかもしれないと思った。やはり何か遺すべきなのかもと、五月半ば、僕は遺書を書こうとした。

『これを君が読んでいるということは僕は死んでしまったんだろう。君に会えなかったのはとても残念だ。だけど――』

そのあたりまで書いて、以降の言葉が出てこなかった。だけど、何だろう。彼のその後の幸せを祈ればいいの？　感謝を伝えればいいの？

やっぱり僕は自分のことしか考えていない。何か思いをしたためようとすればするほど、それが伝わるときには僕が存在しない恐怖で頭がいっぱいになる。

頭痛や視野狭窄《きょうさく》、症状もどんどん悪化していった。鳴海くんの介護も以前の倍近い時間がかかるようになって、仕事を変わってもらうことも増えた。

脳外科の先生には入院を勧められた。残り少ない時間を考えたら、家族と会える東京の病院に移った方がいいと。鳴海くんの家族にももういいからと毎日のように言われた。

介護中に倒れたのは、六月も末のことだ。

もうすっかり夏だよね。そういえば、映画見たんだよ。家にあったＤＶＤ、君も小さい頃見たんだってね。もうすぐ死んじゃう二人が悪いことしながら海を見に行く話。僕は海なんてずっと行ってないな――

そんなことを話したあたりで急に意識が遠のいていき、気がつくとお母さんに頬《ほお》をぴしゃぴしゃと叩かれていた。帰ったら倒れていたらしい。

救急車は断ったけど、それでも、もう実家に帰りなさいと言われた。

また今日みたいなことがあるかもしれないなら、ウチに置いておくわけにはいかない。本当に今日まで助かった。もしも浩弥の意識が戻ったらすぐに知らせるから、また遊びに来てもいいから、実家に帰って、家族と過ごしなさい。

少ないけれど今日までのお礼だ、とお金まで握らせて。

僕がどれだけ頼んでもお母さんは首を縦に振らず実家へ連絡。その日の夕方には、僕は新幹線で東京へ戻ることになった。

僕が帰省した翌々日、パパもママも、北海道《ほっかいどう》の大学で講師をしているお兄ちゃんもスイスに留学してるお姉ちゃんも帰ってきた。その日は僕の二十歳の誕生日なのだ。

人生最後の誕生日を、みんなが小さい頃みたいに祝ってくれた。辛《から》い料理ばかりが並ぶ、真っ赤な食卓。辛いケーキって一体何が入っているんだろう。

そして、プレゼントもあるという。包装を解くと、中から出てきたのは、ガラムスーリヤのカートン。

「何で……？」

「鳴海くんに聞いたんですよ」

「お姉ちゃん、知ってたよ、中学のときから隠れて吸ってたの。二十歳になったんだし、大っぴらに吸いなよ」

二十歳になった、それも余命幾ばくもない娘へのプレゼントが煙草。ウチの親はよくも悪くも良識的なんだと思っていた。後ろのお兄ちゃんはあまりいい顔をしていない。もう九ヵ月近く吸っていない。自分から吸うのをやめた。遠ざけてきたもの。

家族はそんなことまでは知らず、慮《おもんぱか》らず、笑顔で煙草の箱を差し出す。ジッポーライターもプレゼントされ、誕生ケーキのろうそくみたいに、僕が火を点けるのを期待している。

家族の顔におどろきが浮かぶ。

気づいたら、僕はボロボロと涙を流していた。

うれしいの？　悲しいの？　嫌なの？

わからない。ただ堪えられなかった。堰《せき》を切ったみたいに溢《あふ》れて止まらなかった。

ママとお姉ちゃんが抱きしめてくれた。

終わりがあるからこそ命は尊い、なんて言い回しがある。

僕はこれが永遠に続いてほしい。少なくとも、終わりがあることなんて忘れて生きていきたい。何にも奪われたくない。

結局、僕は煙草に火を点けることをしなかった。ベッドの中、ママとお姉ちゃんに挟まれて、暗闇《くらやみ》の中で箱を弄《もてあそ》んで、そのまま眠ってしまった。

その日は、変な夢を見た。

夢の中で僕の家族は雲の上に暮らしていた。

まさに「天国」のパブリックイメージ通りの。ふわふわで、でもしっかりした、夢の世界じゃなきゃあり得ない雲の大地に僕たちは生きていた。

そして、この雲というのはどうやら、煙草の煙でできているらしい。煙草から吐き出された煙が塊になって堆積し、この世界の大地となっているらしい。

誰に聞いたというわけでもなく、僕はそれを知っている。夢にはよくあることだ。

教会ではみんなが煙草を吸いながらHail Holy Queenを歌っている。僕はオルガン奏者で、だけどドアを叩く音がしたから、演奏をほっぽり出して飛び出していった。

鳴海くんと殉くんが、映画に出てくるようなクラシックなオープンカーに乗って僕を迎えに来ていた。

僕も乗り込んで走り出す。

車をはみ出すサイズのTVでスマブラをやったり、いよいよ暗黒大陸編に突入した『HUNTER×HUNTER』の載ったジャンプを回し読みしたりしながら、僕たちは海へ向かう。

「一本寄越せ、奥城」

鳴海くんがそう要求すると、ハンドルを握る殉くんは「前も咽てたじゃない」とケラケラ笑う。今回は大丈夫だと言って彼が煙草を咥えると、僕は火を点けてやる――

「………」

目覚めると、自然と枕元《まくらもと》の煙草を手にとっていた。ベランダへ出て、一本咥えるとライターで火を点ける。

甘く香ばしい香りと、粘膜をひりつかせる有害物質たっぷりの煙が流れ込んでくる。早朝の澄んだ空気の中、肺いっぱいに吸い込んで、吐き出した紫煙はすっと溶けてゆく。

「美味しい」

よくわかっていたつもりだけど、僕は馬鹿だ。

僕は煙草が好きなのだ。味も香りも粘膜への刺激も、退廃的な文脈も。

初めから天国に生まれていたら、病気にならなかったら、そもそも手を出さないかもしれない。

だけど僕の天国はもう、すっかりこの甘い毒に侵されていた。

天国に行きたいだなんて言っておいて、パスポートを手放してしまう。僕が天国へ行けるとしたら、禁欲のご褒美《ほうび》なんかではきっとないのに。

そしてやっぱり、僕の天国には鳴海くんがいてほしいんだ。


五日も経たずに戻ってきた僕に、お母さんはずいぶん呆れた顔をしていたけど、遊びに来るのはいいと言った手前、家にあげてくれた。

ちょうど鳴海くんに流動食を食べさせていたところらしい。この後は着替えさせてオムツを替えて……と。

「僕がやりましょうか？　大丈夫です。最近、新しい薬出してもらって、それがよく効いてるので」

お母さんは少し迷って、それじゃあ、と任せてくれた。嘘だ。

少し罪悪感を覚えながらも、腕まくりをしてエプロンをつけて、慎重に仕事に臨む。前以上に時間はかかったけど、それでもどうにかやり遂げられた。

その中、あることに気づいた。

「鳴海くん……？」

鳴海くんの小鼻がひくついている。……くしゃみをする直前みたいに。

本当にくしゃみかもしれないけど、でも黙って見ていてもそんな様子はない。

少なくとも、僕が知っている数日前までの鳴海くんには見られなかった反応だ。

生理的なもの……？　それとも。

匂い……？

それに思い当たったのは、介護していた時期と今とで、僕に明確に差があるせいだった。

煙草だ。この家では誰も喫煙の習慣はない。煙草の臭いは、鳴海くんがこの状態になってから初めてかもしれない。

鳴海くんの嗅覚《きゅうかく》がどこまで生きているのかわからない。これまでの生活でだって無数の匂い物質が鳴海くんの嗅覚を刺激してはいたはずだ。

その中で、煙草の匂いが特別だって言うなら……。

半信半疑のまま、僕は煙草を一本咥え、火を点ける。

煙が、甘く香ばしい匂いがうっすらと部屋に満ちていく。

介護中に喫煙。絶対にやってはいけないことだろう。鳴海くんを見ると、さらに小鼻をひくつかせる。やはり反応している。

「鳴海くん、聞こえる？　僕だよ、ここにいるよ？」

ベッド脇の椅子に腰を下ろすと、彼の左手を強く握りながら、空いた手を彼の頬に添え、語りかける。

「僕の天国にはね、君がいなきゃ困るんだ。ねえ……天国なんだよ、ここは。君も来てよ、鳴海くん」

咥え煙草で訴える。鳴海くんが目覚めたところで、何をできるかわからない。どこにも行けないかもしれない。鳴海くんにはできないことがたくさんあって、僕はもうすぐ何もできなくなる。

だけどそれがどうしたって言うんだ。

百でも一でも、本当に何もできない、存在しないことに比べたら、きっと無限に等しいじゃないか。

「約束しただろ。目を覚ましてよ、鳴海くん」

それでもやっぱり、鳴海くんは目覚めなかった。

これまでにない反応を確認できただけで喜ぶべきなのかもしれない。回復の第一歩だと。

だけど僕は不満で、だから、さらにやってはいけないことを思いついた。要介護者のそばの喫煙ってだけであり得ないのに。もはや完全に虐待に当たる行為だ。

そっと顔を近づける。

殉くんのことを調べ始めたあの日、早々にあきらめムードになっている彼に、内心、僕も投げたくなっていたときにやったことを、僕はまた試みた。

吹きかけたのだ。煙を。

やってしまってからはっとする。何をやってるんだ。流石にこれはない。そう思った。

すると。

「え、ほっ……」

「っ！」

あのときのように、鳴海くんが咳き込んだ。

粘膜を刺激されたことによる生理反応、に過ぎないかもしれない。流動食や水が気管に入って咽ていたことは何度もあった。

だけど。

「鳴海くん」

力なく半開きだった瞳。

まぶたがゆっくりと持ち上がる。

「お…………く っ……つ」

ゆっくりと、声が漏れた。呻きみたいな、でも明らかに意志を持った——

「見えてる？　わかる？　僕」

彼は大きく、ギクシャクした動きで頷いた。

目覚めた。

王子様のキスみたいな奇跡だった。

一瞬で視界が滲む。ボロボロ溢れる涙を、止めようなんて思えなかった。

「………鳴海くん」

世界が開けた気がした。

メルエムがコムギと軍儀を打つときみたいに。

魔人ブウがミスター・サタンと友達になったときみたいに。

また会えた。何だってできる。何でもする。ここは天国なんだよ鳴海くん。きっと、いいことしか起こらないよ。

言いたい思いは後から後から溢れ出て、だから僕が、まず何から始めようかと一瞬考えて、結論するよりも早く、口をついて出た言葉があった。

「これからだよ」

・・・

『これからだよ』

結果から言えば、これからもクソもなかった。

奥城灯が発した言葉はあれが最後だったのだから。

俺が意識を取り戻したとき、目の前には奥城がいて、俺の名前を呼んできた。

アイツは涙をボロボロと零しながら、本当にうれしそうに、俺に宣言すると――

そのまま俺の寝ていたベッドに倒れ込み、動かなくなった。

倒れた奥城に手を伸ばそうとする。動かない。どれだけ力を入れたつもりでも、腕が少し持ち上がるかどうかって程度。

名前を呼ぼうとしたが、やはり途切れ途切れに、蚊の鳴くような声しか出ない。そして、奥城はぴくりとも反応しなかった。

何でこうなっているのか理解できないまま、俺は必死に立とうとする。やはり叶わず、それでも身じろぎを続けた結果……俺はバランスを崩し、ベッドから転落。

その音を聞きつけた母親は部屋に入るなり、俺が目覚めていること、そして奥城の様子に気づいて救急車を呼ぶ。搬送された病院でも奥城は目を覚まさず、俺と入れ替わったみたいに眠り続けた。

奥城が死んだのは、搬送から三日後だ。

俺は車椅子《くるまいす》に乗せられ、両親と妹、それに奥城の家族と死の瞬間に立ち会っていた。家族が咽び泣く声が響く。俺の胸に生まれたのは、殉に死なれたときと同じ感情だった。

ふざけんなよ、だ。

「感謝しているんです、鳴海くんには」

目の前には十字架の刻まれた墓碑、いかにもなキリスト教の墓があった。

奥城家の墓。

この下に、奥城灯の死体も埋まっている。

意識の回復から数ヵ月、俺はオリザさんに誘われて母親と上京し、奥城の墓参りに来ていた。バリアフリーの行き届いた作りで、車椅子で移動するのにも支障がない。流石は奥城家の管理する墓地だ。

奥城との出会いから一年と少しが過ぎていた。

あの橋の上と同じく、柔らかな秋風が草をそよがせ、首元を撫でていく。癪《しゃく》に障《さわ》る心地よさだった。

「何もしてないですよ、俺」

「灯を守ってくれたじゃないですか、それに、目覚めてくれた。約束を果たしてくれた」

「いや……」

俺はただ意識を取り戻しただけだ。アイツは、ずっと寝たまま、目覚める保証なんてない俺を献身的に介護してくれていたという。俺の目覚めは遅すぎた。アイツにそこまでさせて、アイツに何もしていない。

なのにアイツは、希望に満ちた表情を浮かべていた。

何がこれからだ。アイツにこれからなんてなかったし、俺の人生はこれからも続いてしまう。

死ぬってのは勝手だ。俺たちに影響だけ残したまま、当人は消滅するんだから。殉も高村も、彼ら各々の天国に、俺たちは入れてもらえない。

ふざけんな——叫びは虚無に消えていく。

俺は性根がガキだから、何だかこうなると、いっそ天国なんてない、この世に夢も希望もない方がいい、なんて全部台無しにするような気持ちさえ心の片隅に芽生《めば》えるのだった。

「鳴海くん、一本どうです？」

オリザさんはそう言って煙草を差し出してきた。

ガラムスーリヤ。

奥城灯の愛した、世界一有害な煙草。

「本当は禁煙なんですけどね」

受け取り、彼に続いて、奥城の形見だというジッポーライターで火を点ける。

甘く焦《こ》げた感じの匂いと共に、流れ込んだ煙が口の中を容赦なく燻《いぶ》していった。

人生初の煙草に、俺は咽た。俺に勧めてきたオリザさんまで同じ様子だった。

「実は、吸うの初めてでして。不味いですね。多分もう吸わないでしょう」

娘の愛好していた品にひどい言いようで少し笑ってしまうが、俺も同じ感想だった。

何しろ世界一のタール量を誇る銘柄なので普通の煙草はこんなにキツくないんだろうが、それでも俺はこの先吸うことはないと思う。できるだけ長生きはしたいから。

「どうですか、鳴海くん、最近は」

「……なんていうか、まあ、ぱっとしないっすね」

ここでこうしている通り、機能の回復は順調だった。

リハビリの結果、車椅子で自由に出歩けるようになり、手すりのある場所ならそれなりに歩けもする。来年の春には大学にも復学予定だ。

そういうわけで順調な一方、ぱっとしない。

奥城と過ごしたのはほんの少しの時間なのに、アイツと共有するつもりで、できなかった様々なことが色褪《いろあ》せて見えた。

あの映画に出てきたジャコウネコのうんこのコーヒーは、コーヒーにしては美味かったが、まあこんなものかと思ってしまう。

しかしこれは、前と同じなのかもしれない。殉がいなくなってからの大学生活も、大概惰性みたいなものだったのだから。

これが一時的なものか、いずれは抜け出してバラ色の未来に行き着けるのかはわからない。それでも、どうなろうと、その先には死が待っている。

葛西刑事は死人に囚われるなと言ったが、俺は自分自身が未来の死者であることにきっと死ぬまで囚われるだろう。奥城に言ったのと真逆になってしまった。本当に台無しだ。

「まあ、これからっすよこれから」

暗澹《あんたん》たる気持ちも抱えたまま、俺はわざとらしいくらい朗《ほが》らかな口調で言う。

「これから、何だってしますから、俺」

「何だって、とは?」

「楽しそうな、幸せになれそうなこと、できる限り全部。何だって手え出しますよ。早く歩けるようになって、空手をまたできるくらいになりたいし、総合にも挑戦したい。海外に行って銃も撃ちたい。美味いものも食いたいし」

俺はそういうのを追求しなければならない気がした。

これからを投げ出すことだけはあっちゃいけないのだ。生きている限り生にしがみついて、天国を探し続けるのだ。

「……なんだか、無理していませんか？」

娘さんのせいですよ、とは言わなかった。

勝ち逃げしやがった奥城灯の笑顔がずっと頭から離れない。これからを思う度に頭の中のアイツがマウントを取ってくる。

だからせめて、天国を探さなきゃいけない気がした。

そのために生きようと思った。

探しもしなかったら、天国はないと口にする資格さえない。死に際にあの笑顔を思い返して後悔する——それだけはごめんだから。

お前たちには負けない。

俺はそう思いながら、短くなった煙草を灰皿へ埋葬した。

この作品は書き下ろしです。

〈著者紹介〉
ヰ坂 暁（いさか・あきら）
2017年、第2回ジャンプホラー小説大賞にて『舌の上の君』が編集長特別賞を受賞、同書でデビュー。人肉食を扱った同書をはじめ、生死などタブーを真正面に見つめながら物語として昇華させる手腕に定評があり、ネクストブレイク必至の鬼才。

僕《ぼく》は天国《てんごく》に行《い》けない

2020年12月15日　第1刷発行　　定価はカバーに表示してあります

著者……………………………ヰ《い》坂《さか》暁《あきら》

発行者…………………………渡瀬昌彦
発行所…………………………株式会社 講談社
〒112-8001 東京都文京区音羽2-12-21
編集03-5395-3510
販売03-5395-5817
業務03-5395-3615

本文データ制作……………講談社デジタル製作
印刷……………………………豊国印刷株式会社
製本……………………………株式会社国宝社
カバー印刷…………………株式会社新藤慶昌堂
装丁フォーマット…………ムシカゴグラフィクス
本文フォーマット…………next door design

ISBN978-4-06-521928-7　N.D.C.913　246p　15cm

講談社タイガ

円居 挽

語り屋カタリの推理講戯

イラスト
Re°(RED FLAGSHIP)

「君に謎の解き方を教えよう」少女ノゾムが、難病の治療法を見つけるために参加したデスゲーム。条件はひとつ、謎を解いて生き残ること。奇妙な青年カタリは、彼女に“Who”“Where”“How”などにまつわる、事件を推理するためのレクチャーを始める……！

広大な半球密室、水に満たされた直方体、ひしめく監視カメラ、燃え上がる死体。生き残るには、ここで考えるしかない——。

講談社タイガ

神宮司いずみ

校舎五階の天才たち

イラスト
くっか

高校三年生・来光福音《らいこうふくね》のもとへ届いた、自殺した同級生からの手紙。彼は「東《ひがし》高三人の天才」の一人で、見た目も人格も完璧な男の子。「僕を殺した犯人を見つけてほしい。犯人は東高の人間です」と書かれた遺書に導かれ、福音は「人の心が読める女」と呼ばれるもう一人の天才・沙耶夏《さやか》と事件を調べる。なぜ非凡な少年は凡人の少女に想《おも》いを託したのか？　せつない謎解きが始まる。

講談社
タイガ

瀬川コウ

今夜、君に殺されたとしても

イラスト
wataboku

ついに四人目が殺された。連続殺人の現場には謎の紐《ひも》と鏡《かがみ》。逃亡中の容疑者は、女子高生・乙黒《おとぐろ》アザミ。僕の双子の妹だ。僕は匿《かくま》っているアザミがなにより大切で、怖い。常識では測れない彼女を理解するため、僕は他の異常犯罪を調べ始める。だが、保健室の変人犯罪学者もお手上げの、安全な吸血事件の真相は予想もしないもので——。「ねぇ本当に殺したの」僕はまだ訊けずにいる。

講談社
タイガ

瀬川コウ

今夜、君を壊したとしても

イラスト
wataboku

「生き残れるのは一人だけ、残りは全員殺します」同級生の津々《つつ》寺《じ》は銃を片手に、いつもの笑顔で言った。教室を占拠した目的は「友達を作るため」意味不明だ。死を目前にクラスメイトが涙に暮れるなか僕は心に決めた——彼女と過ごした〝あの日〟から真意を推理してみせる。その頃、妹のアザミは僕を助けるために学校へと向かっていた。これは殺人鬼と僕が分かりあうための物語。

講談社
タイガ

閻魔堂沙羅の推理奇譚シリーズ

木元哉多

閻魔堂沙羅の推理奇譚

イラスト
望月けい

俺を殺した犯人は誰だ？　現世に未練を残した人間の前に現われる閻魔《えんま》大王の娘——沙羅《さら》。赤いマントをまとった美少女は、生き返りたいという人間の願いに応じて、あるゲームを持ちかける。自分の命を奪った殺人犯を推理することができれば蘇り、わからなければ地獄行き。犯人特定の鍵は、死ぬ寸前の僅かな記憶と己の頭脳のみ。生と死を賭けた霊界の推理ゲームが幕を開ける——。

講談社
タイガ

アンデッドガールシリーズ

青崎有吾

アンデッドガール・マーダーファルス　1

イラスト
大暮維人

吸血鬼に人造人間、怪盗・人狼・切り裂き魔、そして名探偵。異形が蠢《うごめ》く十九世紀末のヨーロッパで、人類親和派の吸血鬼が、銀の杭《くい》に貫かれ惨殺された……!?　解決のために呼ばれたのは、人が忌避する〝怪物事件〟専門の探偵・輪堂鴉夜《りんどうあや》と、奇妙な鳥籠を持つ男・真打津軽《しんうちつがる》。彼らは残された手がかりや怪物故《ゆえ》の特性から、推理を導き出す。謎に満ちた悪夢のような笑劇《ファルス》……ここに開幕！